U0938329

香港熙來攘往，再平常不過，卻縈繞著不安甚至不祥的威脅。
女人長出鷹臉，男孩脖子如長頸鹿，衣櫃會哭泣，潔白的雲彩吃人不吐渣滓……
當瘋狂與怪誕內化成生活的一部分，正常與反常原來是一體的兩面。
有什麼樣的城市，就有什麼樣的城市故事。
飛往無重島，那是解脫，還是陷落？
程皎暘書寫生命惶惑的存在、慾望的無所依附，篇篇都有「不可承受之輕」。

——王德威

打開童話般絢麗的港式糖紙，是滿目都市的殘酷與荒誕。

——金宇澄

程皎暘作為才華洋溢的青年作家，寫作風格獨特而多元。她總是能賦予故事以實驗性與娛樂性，融合荒誕、魔幻與科幻元素，捕捉時代情緒，從青年人都市生活情感遭遇出發，挖掘社會問題。《飛往無重島》依然延續這種優秀的品質，在充滿想象力的情節鋪陳之中，凸顯日常生活的細節和情緒。她的文字細膩，故事天馬行空，給讀者帶來獨特閱讀體驗，展現出繁華都市生活背後的複雜情感與時代暗流。

——陳崇正

「那地方美得不真實。飄在空中，我感覺不到任何重量，眼前的景色也不再有上下之分，我的身體可以按心中所想，任意轉換方向，一時貼在海面上，一時附在大樹旁，過去經歷的一切我都想不起來，大腦是空的，但心卻很滿，那感覺，怎麼說呢，簡直像吸了毒一樣快樂——當然，我只是打個比方，我並沒有吸過毒，總之就是——它已讓我快樂，它也讓我癡癡醉……」

飛往無重島

程皎暘——著

書籍設計　a_kun
書籍排版　楊　鋒

書　　名　飛往無重島
著　　者　程皎暘
出　　版　P. PLUS LIMITED
香港北角英皇道 499 號北角工業大廈 20 樓
20/F., North Point Industrial Building,
499 King's Road, North Point, Hong Kong
香港發行　香港聯合書刊物流有限公司
香港新界荃灣德士古道 220-248 號 16 樓
印　　刷　美雅印刷製本有限公司
香港九龍觀塘榮業街 6 號 4 樓 A 室
版　　次　2025 年 3 月香港第 1 版第 1 次印刷
規　　格　32 開（130mm × 185mm）240 面
國際書號　ISBN 978-962-04-5313-7

Published & Printed in Hong Kong, China.

程皎暘的畫

* 我的約會對象長出了鷹的臉　靈感來自《黑色風箏》

* 誰燒了我家對面的野豬　靈感來自《燒野豬》

＊爸爸去了無重島　靈感來自《飛往無重島》

＊夢與真　靈感來自《少年》

* 這個殺手變成了長頸鹿　靈感來自《唔該！長頸鹿男孩》

目
Contents
錄

自序　沙漏形狀的閱讀旅艙

大家好，歡迎進入《飛往無重島》閱讀旅艙。

開啟這場文字探險前，先想象你逐漸脫離你所在的書店、辦公室、圖書館、地鐵車廂……然後「咣噹」一聲，跌入另一個空間，一個由我的文字編織而成的世界：你看到不斷追著你奔跑的鷹面女人、對著天空小鳥問路的柬埔寨獵人、像放風箏那樣牽著一朵雲散步的文藝大叔、蹲在屋邨角落哭著說要殺掉野豬的小女孩、不斷和家具聊心事的獨居者、面龐英俊但生著長頸鹿脖頸的男同學、忽然在地鐵站攔住你問你有沒有去過無重島的銷售員……他們是《飛往無重島》裏不斷冒出的人，也是陪你完成這一場閱讀之旅的夥伴。

最初，這些有點滑稽又有點可愛的人們，只是我腦子裏忽然閃過的笑話。畢竟，在香港這樣繁忙的國際大都會裏生活，如果不想點與工資、賬戶餘額、KPI、年報、辦公室小圈子無關的東西，實在是太悶了。有一天，我在 Facebook 上看到徵稿信息，是一個出版社舉辦的文學比賽，提交一份創作計劃，即有可能成為該社簽約作家。於是我開始將腦子裏的怪東西寫下來。我創作了一個懂得與家具聊天的人，她通過身邊的那些物品，得知了其他人的生活，也因此開啟了一段又一段友情和愛。帶著這樣的想法，我書寫了《愛哭的衣櫃》和《唔該！長頸鹿男孩》——那是 2015 年，我剛剛大學畢業，正在不斷投遞工作簡歷。那次比賽沒有得獎，家具的故事倒是不斷延展，從家具，到動物，再到大自然裏一切美妙的景物，甚至尚未出現過的鬼馬半獸，或科技怪胎，都成了國際大都會裏的日常存在，就像每日會對你說「早晨」的保安叔叔那樣自然而然。這便是我從 2015 年至 2021 年陸陸續續玩耍的織字遊戲。感謝收錄這些故事的雜誌，《文訊》、《字花》、《小說界》、《瀟湘文藝》⋯⋯更感謝三聯書店的鼓勵，讓我為這些故事畫了插圖，都是用我最愛的油畫棒塗出來的，大塊色彩的碰撞，粗糙的形狀勾勒——請包容我未受過任何美術培訓的原始想象。在那幅《爸爸去了無重島》裏倒掛在雲朵上的快樂男人就是我的爸爸。爸爸看《飛往無重島》時，感嘆說，如果真有這樣一個地方存在就好了啊。如今《飛往無重島》成書，他已經仙逝。是不是已經飛去了無重島呢？

感謝爸爸媽媽對我的愛和包容，讓我做了這麼多年玩文字遊戲的小孩。

小孩總要長大。讓我們以《少年》為此次閱讀之旅的轉折點吧，從那篇開始，故事裏的角色逐漸落地，在人來人往的都會裏，思考愛與死亡。

如果一定要將這次的閱讀旅艙打造出來，那麼它會是沙漏形狀的，從密集的魔幻想象進入，讓你逐漸卸下現實的壓力，思緒輕盈，在你玩得最開心的時候，赫然發現，時光已經滴滴答答流逝了，你不得不漸次重拾現實，繼續長途跋涉。

這就是我所感受的人生。

你呢？

祝你旅途愉快。

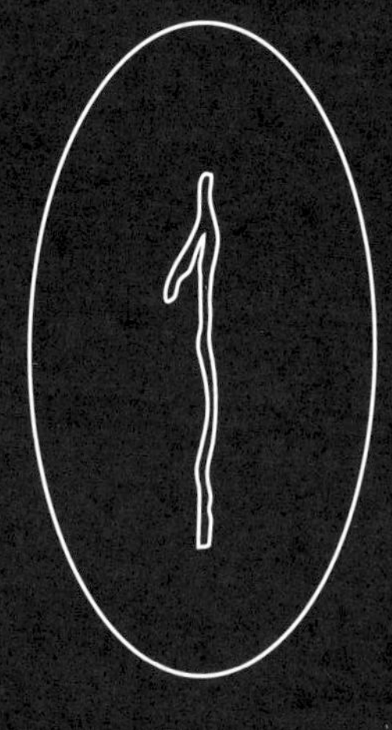
1

黑色

風

箏

早上七點半，攝影師獨自在健身房跑步，鞋底摩擦跑步帶，發出「嘭嘭」聲響，雙眼好似鏡頭一般集中於窗外風景。草地，灌木叢，樹林。青綠，墨綠，翠綠，一簇簇在高空中綻放的紅木棉，由近及遠，順著山坡道一路向上潑灑。對面山頭沉浸於晨霧，五彩斑斕的漁村石屋層層疊疊，像積木一般插在傾斜的坡道，一兩個村民順著長長石階向下走，像游弋在瀑布中的魚。自從搬來這個隱藏在深山中的美涯花園，攝影師的雙眼便浸泡在人工與自然結合的精緻景色裏，每日如此，周而復始，從新鮮到習以為常，總覺得少了點什麼。

又是一個孤獨的早晨。攝影師淋著小雨，橫穿花園，進入會所，那個三角鋼琴模樣的透明建築，在雨中閃著鵝黃的光。當他穿越無人使用的會客大廳，踩著天藍色毛毯，彷彿跨入一條長河，在擺著白色麋鹿石像的轉角，遠遠望見玻璃門後的健身房，跑步機上多了個陌生背影——頭戴黑色斗笠，身穿黑色蓑衣，一頭烏黑的長髮順滑至腰間，纖長的雙腿在及踝的黑紗裙裏若隱若現。

在這遠離市區的地方住了一個月，攝影師見過的怪人不少。抱著寵物水貂的西班牙少婦，穿女式睡衣在泳池邊打盹的俄羅斯胖老頭，還有把機器娃娃養在嬰兒車裏的印度情侶。他並不怕一身蓑衣的女人，只是在走近常用的跑步機時，被窗景嚇了一跳——原本透亮的玻璃裂了個井蓋般大小的洞，一地玻璃碴碎在跑步機前。蓑衣女人對此視而不見，自顧自地跑著，長髮在後背甩來甩去，散發著一股惱人的汗餿味。

攝影師趕緊給物業管理處打電話。

「怎麼回事，健身房窗戶破了都沒人管嗎？」就在他要求物業馬上派人徹查時，那股汗味如熱風般撓著他的後頸。他忍不住回頭，卻發現那蓑衣女人不知何時已貼近他——一張圓溜溜的臉，佈滿密密麻麻的褐色短絨毛，雙眼在毛髮裏若隱若現，纖長而凌厲，長鼻下凸出又尖又硬的喙，深黑色，像鷹鈎，差一點啄到他的眼睛。就在攝影師嚇得捂臉自衛時，女人仰頭望天，發出一聲接一聲的嘯鳴。

隨後發生了什麼，攝影師記不真切了。他彷彿呆立於高山，風聲讓他耳鳴，濃霧令他暈眩，只隱約見到一隻黑色風箏，麻鷹一般，迎風翺翔，刀片狀的尾羽割破天空，消失不見。等他從恐懼中清醒過來時，他發現自己斜躺在大廳的沙發上，戴著金絲邊眼鏡的物業經理正蹲在眼前，點頭哈腰賠不是。

「那個女人呢？」攝影師揪著經理的衣領追問，「那個穿黑色蓑衣的女人呢？」

經理瞪大雙眼，晃了晃肥嘟嘟的雙下巴：

「我不懂你在說什麼……」

攝影師推開經理，疾步走到健身房，只見清潔工正兜著一袋玻璃碴出來，保安則在門外拉起紅色封鎖帶，並在門上掛起「維修中」的黃色警告牌。

「你們是怎麼管理的，放了什麼人進來都不知道嗎？」攝影師惱了，要求查看閉路電視攝錄的影像。

經理面露難色：

「這個嘛，首先要找物業委員會申請，並在警察的監督下，才能看的，畢竟，我們要保護大家的隱私⋯⋯」

來會所晨運的業主逐漸多了。攝影師不希望被誤以為是破壞公共秩序的惡人，只好作罷。

但那張半人半鷹的絨毛臉，卻無法從攝影師腦海裏消失。他並不真的擔心那女人對公共安全帶來危害，而是掛念被她面孔震懾的瞬間，彷彿被一股力量釘在原地，無法動彈。那是一種久違的衝擊力，怪異，孤傲，又充滿憤怒。

當攝影師第五次在午睡中夢見女人的喙，還有那隻鷹一般的黑色風箏時，他決定接受緣分的安排，並對此作出回應。他打開電腦，登入塵封多年的電子相冊，輸入「畸零人」，頁面便跳出一系列人物相片：身高三米的女人，四肢幾乎透明的少年，背部長出龜殼的老人⋯⋯光影帶攝影師穿梭回二十出頭的那個夏天，在炎熱、骯髒的後巷裏，一個瘦小的實習社工，蹦跳著牽著他小跑，像隻不知倦的麻雀，嘰嘰喳喳。他們在惡臭的垃圾桶邊，探訪蜷縮在紙皮堆裏的龜殼老人；在人來人往的鬧市街頭，踩著高蹺，與三米高的女人一起派發傳單；深夜，他們舉著啤酒瓶，挽著四肢幾乎透明的少年，在酒吧街成為最驚悚的派對組合……攝影師一邊陪伴他們，在絕望中尋找刺激，一邊拍攝照片、短片，陸續發到網上。「探索畸零美麗的靈魂攝手」——那是當年，網友給他冠上的稱呼。評論家與記者將他塑造成了那種可以感應非主流人生的天才：「彷彿擁有天使的魔法，可以令那些害怕社會，遠離人群的角色，在鏡頭下展現天真爛漫的一面」。在眾多的花絮相片裏，攝影師翻出一張合影。畫面裏，巨人媽媽叼著煙，穿著印滿房地產廣告的宣傳服，摟著那個瘦小的社工，哈哈大笑。社工蓄著齊耳短髮，細碎劉海劃過眉梢，雙眼像一帶月牙形河流，笑嘻嘻地使勁墊腳，欲與巨人試比高。阿苛——攝影師默默唸著她的名字，摩挲著畫面中她的臉。阿苛，好久沒聯繫了，你還好嗎？

那天晚上，攝影師喝了點酒，鼓起勇氣，給爛熟於心的郵箱寄了封電郵：

「時間過得太快了，你把我拉黑以後，我再沒有你的消息。不知你是否還在做社工？有沒有建立你說的那種『怪人俱樂部』？

這些年，我的生活發生了很多改變，有許多想與你分享，卻又不知從何說起……

前幾天，我看到一個奇怪的女人。她穿黑色蓑衣，戴斗笠，長髮及腰，身材高挑，但臉上卻長滿褐色絨毛，並長著鳥喙，一張嘴就發出嘯鳴，好像一隻鷹。不知你是否留意過這類人？

不要誤會，我無意打攪你的生活，只是，看到她，又想起我們一起創作的《畸零人傳奇》。其實也就過去了五六年吧？我卻覺得恍若隔世……你怎樣，還好嗎？」

寫到這裏，攝影師又刪掉了「你怎樣，還好嗎？」，改成了：

「如果你曾聽說過那個女人，或者有她的任何資料，請告訴我，我希望邀請她做我最新攝影作品的主角。」

點擊了「發送」以後，攝影師又灌了幾杯威士忌，窩在客廳的沙發上，頭暈目眩地入睡，醒來時已是翌日午後。

連續陰雨一禮拜，這天終於放晴。週日的聒噪伴隨暖光，像肆意蔓延的爬山虎，細密包裹攝影師的知覺。他搖晃著到陽台，剛要伸手關窗，卻被樓下忽然傳來的吉他聲吸引，低頭一看，樓下鄰居正在自家花園裏開派對，燒烤架冒著火焰，菲傭給鐵叉上的肉塊刷醬，一股誘人的肉香瀰漫於空中。賓客圍坐在木質吧台邊，揮舞刀叉，大快朵頤著暢談，樹影跌落在他們的皮膚上，像被吹起的髮絲。雕花鐵欄杆邊，年輕男女坐在鞦韆椅裏，隨意撥弄吉他，散出一陣愜意的和弦。一對夫妻，彷彿這家的主人，來回穿梭於不同賓客之間，時不時與他們拍照、乾杯。唯一一個紮著馬尾的少女，並沒有參與這次聚餐，只是坐在台階上，靜靜看書。

突如其來的熱鬧，如雨後初晴般令人快活，攝影師返回客廳，從書櫃裏翻出相機，來到陽台邊，拍攝燃燒的火焰、舞動的樹影、情侶隨著鞦韆而微微擺盪的雙腳。其後，他又習慣性地對著遠處一陣掃射。他喜歡從鏡頭裏看被放大的草，花瓣，樹枝之間的縫隙——等一下，這是什麼？一團黑乎乎、好似巨大鳥巢般的東西盤在粗壯的樹幹上，出現在他的鏡頭裏。他眯眼仔細瞧，不，那不是鳥巢，而是那個穿著黑色蓑衣、長著鳥喙的女人！此刻，她正盤坐在屋苑對面的大榕樹上，舉著望遠鏡，向美涯花園這邊窺視。

「咔嚓咔嚓」——攝影師迅速抓拍一串相片，然後旋風一般追了出去。他不確定那女人到底是什麼來歷，故弄玄虛，恐怖分子，還是精神失常，但猛獸並不在意食物的來歷，只要它們符合胃口。望著那樹上的黑影奔跑時，攝影師的腦子裏已經拼湊出效果圖。他要那女人在草坪上跳躍，蓑衣迎風瑟瑟，長髮在斗笠下張牙舞爪，鳥喙對著天空發出長嘯。他還要在她的腰間繫一根紅繩，繩的另一端纏繞在樹幹——欲飛又不得，殘酷的美。

然而，當攝影師來到街對面時，樹上的黑影不見了，他氣喘吁吁地靠著路燈，彷彿墜入了亦幻亦真的陷阱，沒有留意到，一隻麻鷹在高空劃過，像順風而上的風箏，剪破晴空，向著不遠處的碼頭海灘，撲閃而去。

回家以後，攝影師趕緊打開郵箱，再次給阿苛寫信：

「就在剛才，我又看到昨天跟你說的那個像鷹的女人了！她居然坐在樹上，舉著望遠鏡，正偷窺我的鄰居！我馬上就追了出去，可等我到樹下時，她忽然不見了！麻煩你有空幫我翻翻檔案，如果有這類人的案例，一定要告訴我呀！」

那天晚上，攝影師睡得不踏實，翻來覆去，總感覺大風颳過，彷彿有一群飛鳥在他耳邊撲閃翅膀，但拉開窗簾一看，夜色沉靜，什麼異常也沒有。

翌日早晨，大約七點，攝影師就被鬧鐘吵醒。儘管健身房還在維修中，但他依然保持晨運習慣，打算去會所游泳。然而，他剛剛走出大樓，就聽到吵罵聲。

「你們這是什麼狗屁管理公司啊，CCTV 一晚上都不開？」

攝影師好奇，循著罵聲找過去，只見昨日還歡聲笑語的鄰居家，此刻一片狼藉。原本透亮的落地窗，粘滿了鳥類排洩物，令人作嘔，而綠油油的草坪上，滿是黑褐色羽毛，像從天而降的落葉，積了一堆又一堆。男主人大聲罵街，女主人捂面哭泣，物業經理不停道歉，其他工作人員則低頭不語。

「你看什麼熱鬧？」

一把女聲從攝影師身後傳來，他嚇了一跳，回頭一瞧，原來是昨天那個在派對中看書的少女，此刻穿著居家服，面色蒼白，冷冰冰地盯著攝影師。

「哦，不是的，我剛好路過……」攝影師有點尷尬，「其實，我就住二樓，看到你家花園被破壞了，覺得挺可惜的……」

「有什麼可惜的？還不是我們活該。」

「啊？」

「我早就告訴過我爸媽，讓他們別再吃烤鷹了，那是要遭報應的。」

「烤鷹？」

「我們家每個月都搞一次烤鷹派對，你聞不到那股奇怪的肉香嗎？」

「哦，我上個月才搬來，昨天也是第一次見到你們……」

「也好，這對你來說是好事。」

說著，少女從口袋裏掏出頭巾，繫在額上，上面白底綠字寫著「素食萬歲」。

「記住了，殺生者，必要付出代價。」說罷，少女幽幽走開，彷彿家中遭遇與自己無關。

又有一些鄰居經過，都循聲到事故現場圍觀，竊竊私語，卻並不驚慌，甚至還流露著不合時宜的喜悅神情。

攝影師立在人群外偷聽了一陣，才恍然大悟：受害的那戶人家，時常在戶外烤肉，風起時，油煙瀰漫在整個社區裏，常遭鄰居投訴，但從不見其有所收斂。當他們這次遇難，又是在烤肉派對之後，倒真有了「遭報應」的意思。

到底是誰在操縱這場奇怪的事故呢？攝影師想著。鳥屎，羽毛，烤老鷹，還有出現在樹上的，似真似幻的鷹臉女人……

忽然，攝影師手機一震，打斷了他的沉思，低頭一看——阿苛回信了：

「謝謝你還記得我。你說的這種人，我查過了，的確有線索，不過比較複雜，怕郵件說不清，不如我們約個時間，到你家附近，見面再聊吧。」

看著電郵裏的文字，攝影師彷彿忽然乘上飛毯，充滿了難以言說的失重感，有點緊張，又不乏興奮。

一個星期以後，攝影師出現在家對面的咖啡廳。工作日的早晨，咖啡廳裏只有他一個客人。時間隨著爵士樂流逝，阿苛依然還沒出現，他有點忐忑。一方面，他想快點了解那鷹臉女人的來頭，甚至希望可以聯繫到她，開始他的創作，另一方面又想藉此機會與阿苛回憶往事。

就在攝影師左顧右盼時，一個高大的胖子走了過來，身後還跟著個剃了光頭的黝黑青年。兩個男人一左一右，準備坐在攝影師對面。

「啊不好意思，對面有人……」

攝影師剛一張嘴就被那胖子打斷：

「阿苛她不來了哈。」

「什麼？」攝影師愣了。

胖子伸出肥大的手掌，拍拍攝影師的肩：

「別慌，阿苛不來，我來也是一樣的嘛。自我介紹一下啦，我是阿苛的老公。阿苛的事，就是我的事。」

說著，胖子遞了個五彩斑斕的名片過來，上面寫著「陽光療養院」。

「你應該聽過這個吧？這是我和阿苛共同經營的，主要收留、治療一些奇奇怪怪的人。這幾年發展得不錯啦，什麼錢氏集團啦，樂迪基金會啦，都給我們資助呢，院舍也翻修啦，好漂亮的。」

胖子又從背囊裏掏出 iPad，給攝影師看照片。那是一片矮小的鐵皮屋，上面畫著五顏六色的天使、上帝、十字架，其中一面鐵皮牆寫著：「忘記昨日的罪，成就全新的你」。

「哦對，你有興趣可以關注一下我們的粉絲專頁，裏面時不時有募捐日的活動哦⋯⋯」

「阿苛怎麼了，為什麼不能來見我了？」攝影師問。

「她最近懷孕啦，所以，有什麼工作，都是我替她處理。」

胖子低頭，在背囊裏翻了一陣，掏出兩張紙來：

「這兩個郵件是你發給阿苛的對吧？」

攝影師尷尬了，沒說話。

「不用害羞嘛，我又不介意你聯繫我老婆。你給我們介紹新的人物來住院，我們很開心的。」胖子對著攝影師眨眨眼，接著說，「是這樣的，我們幫你做過了一些調查，像那種面部變異的人呢，的確存在。喏，這是二十年前的案例。」

胖子在 iPad 上劃開一個文檔，裏面有一張黑白照片：一個滿臉絨毛、生著鳥喙的幼女，蓬鬆著亂髮，穿著肥大的連衣裙，站在漁船上，笑眯眯地盯著鏡頭。

「這個女孩呢，出生在一個小漁村裏，生來就長得像隻鷹，而且不會說人話，只會說鳥語，時不時喚來一群鳥，圍著她飛，把村民給嚇壞了，就把她賣去了馬戲團。十三歲的時候，她跟著馬戲團在歐洲巡演，被當地的慈善家德利先生發現，喏，就是他——」胖子又打開一張合影，亭亭玉立的鷹臉少女穿著連體泳裝，羞澀地靠在一個西裝革履的中年男人身邊。

「歐德利先生善心大發，花了一大筆錢，帶女孩去做整形手術，去除絨毛，割掉鳥喙，植上人造嘴唇。」

胖子又展示了幾版歐洲舊報紙的掃描件給攝影師看。

「可惜呢，手術沒成功，女孩死了。由這個案例，我們可以判斷，你說的女人，應該也得了類似的病。」

「你跑來就跟我說這些嗎？」攝影師不耐煩了，「我當然知道她不是正常人，但我不想知道她得了什麼病，我只想找到她，然後約她拍照片。」

「別急嘛，你看，我這不是給你帶了個助手嘛。」

胖子對身邊的黝黑青年打了個響指：

「來，阿貢，跟他講講你的本事。」

阿貢雙手合十，對著攝影師點點頭。

「先生你好，我是來自柬埔寨的獵人。在我的村裏，不少人懂獸語，我也略知一二。如果想在這附近尋找你說的那個女人，我建議，讓我用鳥語來把她引出來。」

「看見沒有，我們對你的事情多上心，還請了專業人士來呢。」胖子一臉得意地說。

從咖啡廳出來便是一條雙向公路，沿著人行道向西走，經過超市，加油站，便利店，不久便進入開闊之地，那裏遍佈充滿海濱特色的餐廳，大排檔，酒吧，兜售海產品的街市。

街市盡頭是以碼頭為核心、橫向延展的海濱長廊。每到週末，不少人乘船來此遊玩，垂釣，放狗，觀鳥。

阿貢提議乘船出海，去附近的小島上尋人。他煞有介事地拿出地圖，指著其中一個標了星號的地方說：

「這是月牙灣，背靠黑月山。幾年前有新聞報導，說山中漁民曾遭一群麻鷹襲擊，逐漸，那裏住的人不多了，也罕有遊客。如果鷹臉人存在的話，估計會選擇躲在那裏。」

胖子認同阿貢的說法，走去碼頭與船家交涉，攝影師倒想趁此溜走。他見不到阿苛，熱情已減了大半，又被眼前這個柬埔寨青年說得雲裏霧裏，就怕找不到他想要的女人，還被鳥獸攻擊，那真是得不償失。就在攝影師猶豫時，一聲嘯鳴劃破長空，他以為是那女人又出現了，四處張望，結果發現是阿貢依靠在海邊的欄杆上，踮著腳，對著天空發出鳥叫。只見澄藍的天空裏，一隻麻鷹正在空中滑翔，盤旋幾圈後，降落在阿貢肩頭。兩人好似朋友一般，低聲嘰喳著，引來不少路人圍觀。

等麻鷹展翅離去後，攝影師忍不住問：

「你在說什麼？」

「我問牠，是不是住月牙灣的？牠說，不是啦，牠住白沙灣，只是途經這邊，在海邊玩玩罷了。」

再一看，果真，麻鷹向著另一個方向的海平面飛遠了。

這時，胖子氣喘吁吁地跑回來，招呼攝影師和阿貢上船。

那是一艘窄小的快艇，船家是個精瘦大叔，話很多，不停跟胖子聊天。

「月牙灣沒什麼好玩的，荒山野嶺的，但年輕人好喜歡去哦，說什麼廢墟探險？你們也是？」

「不是啦，我們是去做慈善的。據說那裏住著個得了怪病的女人，我們要把她送到療養院。」

「哦？你們是什麼機構？」

「陽光療養院。你聽說過嗎？就在翠玉潭那邊，也是風景區來的。」

「我好像聽說過，是不是前幾年，有個怪人，是那種生來只有半邊身子的人，一直吸毒，結果在你們那裏被治好了，出來後天天在網上直播，分享自己的治癒心得，成了個網紅？」

「對對對，就是他！欸，如果你們村裏有什麼人要治療，歡迎聯繫我們啊。」

「去你們那裏住，貴嗎？」

「給基本生活費就好啦，其他都是大老闆資助啦。我們多收一點人，他們就多捐一點錢。」

攝影師聽著，有點分心，想起阿苛——曾經她說過，等有錢了，就開一個俱樂部，把那些與眾不同的人都召集在一起，讓他們自成小社會，再也不用承受「怪異」的標籤。他想不到幾年過去，阿苛會跟這個胖子做起療養院的生意。

快艇在海域上駛了一陣，胖子也逐漸閉嘴，只聽到「嘟嘟嘟」的馬達聲在海浪裏翻滾，人跡都被甩在身後，四面八方只有海，直到遠方青山再次朦朧出現，快艇才漸漸靠岸。幾條殘舊漁船倒扣在岸邊，像翻了肚皮的死魚，一排棚屋立在淺灘，布簾、漁網、衣架像乞丐的衣衫，零碎骯髒地掛在門前，空洞的窗口黑黢黢，彷彿骷髏的眼洞。放眼望去，此處毫無人煙，只有海濱綠植野蠻生長。

阿貢與胖子對著地圖研究了一陣，鎖定西南方向的一條山路，通往曾經的萬壽漁村。攝影師仰望又窄又細的石階路，想起自己常在健身房看到的景色，然而此處的荒涼，無法與玻璃窗遠眺時看到的精緻假象相提並論。

穿行在通天雲梯般的盤山路上，胖子呼哧帶喘，阿貢不斷發出嗚叫，聲線時而悠長高亢，似鯊魚劃過海面，時而短促頑皮，宛如豆粒在鼓面彈跳，攝影師聽著覺得奇妙，忍不住拿出相機，跟在他們身後錄像，這讓他短暫忘記爬山的勞累。然而，一路上，除了突然從林中飛起的鳥雀令他們吃驚外，並無其他異樣生物出現。

山路逐漸平緩，石屋群出現在兩岸。野草從廢棄的屋內蔓延出來，沿著破碎窗口，一路生長；石壁縫隙裏，生出大樹的根，枝幹像肌肉豐滿的胳臂，一拳直衝雲霄；樹葉成蔭，華蓋般立於屋頂之上。再往前走，廢棄的牆壁上出現了塗鴉，除了不成形的塗抹外，有一扇門被密密麻麻寫滿了猩紅色楷體字：「抗議，地政署無能，官商勾結！抗議，還我土地！」像血書一樣。

「咔嚓——」，攝影師拍下牆上的字。

忽然，一陣窸窣聲從高處傳來，還不及攝影師做出任何回應，三頭野豬就從山林中衝出來，嚇得他跌坐在地。好在，野豬們只是自顧自追逐，很快又消失在茂密的樹叢中。胖子一把將攝影師扶起來：

「看看你，在豪宅住久了，連豬都怕了。好在你沒去我們療養院，我們那裏比這還偏僻，什麼豬啦，牛啦，猴子啦，全部都有，哈哈……」

為了不再引出新的野獸，阿貢停止嘯鳴，只是憑著經驗向前走，穿過堆滿廢棄傢俬的籃球場、被鐵絲網圍住的萬壽小學、無人上香的天后廟，還有一座座被遺棄在路上的小型神龕與菩薩像。而在路的盡頭，是一條驟然向下的坡路，遠遠望去，無法預測水平線下的天地。阿貢率先去探路，他的背影在廢墟間逐漸縮小，忽然，他像發現寶藏一般，雀躍揮手，胖子和攝影師連忙跑過去。最先出現在攝影師眼中的是怒放在盆地裏的九重葛，像一團團粉嫩火焰，兀自綻放。而滋養它們的空間，竟是一座歐式庭園，外牆由紅白藍三色拼接，門柱上嵌著印有花公雞圖案的葡式花磚，四周圍的水泥地面乾淨，灌木叢也被修剪整齊，院外隨意停放著三輛越野摩托車，金黃、翠綠、寶藍的漆面十分耀眼，還有一架鮮紅色的越野車。

「哇，這是什麼神仙地方……」胖子驚嘆。

三人一溜煙跑下去，這時才隱約聽到，交響樂的聲響從庭院內傳出，伴隨著交談聲，模糊不清，彷彿在水中的對話，化成氣泡，如夢如幻。

「可能是個度假村？」攝影師問。

「也許吧，」胖子聳聳肩，略顯失望，「如果有人住的話，那應該沒有我們要找的東西……」

「噓！」阿貢忽然揮手，讓大家閉嘴，他將耳朵貼上牆壁，閉眼細聽，沒多久，一聲短促的鳴叫果然從院內傳出，轉瞬即逝。

阿貢立馬作出回應，對著院內也發出鳴叫，卻再未收到回應。

「怎麼了？」攝影師問。

「如果我沒聽錯的話，剛才那聲鳥鳴，應該在喊救命，聽著像是鷹臉人發出的。」

胖子一下警覺起來，將阿貢和攝影師都擋在自己身後，並從背囊裏掏出一個工具箱，打開箱蓋，拎出一把長槍。

「別怕，」他頭也不回地對攝影師說，「這是麻醉槍。」他一邊說，一邊熟練地將麻醉針裝在槍口，再將槍揹在胸前，像隊長一樣，領著阿貢和攝影師向庭院逼近。

院門大開著，胖子率先踏了進去。除了兀自盛開的九重葛外，院內獨立一座三層高的別墅。攝影師剛剛走進院子，就聞到一股熟悉的燒烤味道，就像之前鄰居家傳出的誘人肉香。他再定睛一瞧，果然，別墅門前有一個戶外燒烤場，火已熄滅，只有一個肉架，大約半米那麼長，不胖，像某種奇怪的雕塑，被扒了皮，光禿禿躺在爐上，頭沒了，整個肉身已泛焦黃——那正是誘人香氣的來源。

阿貢蹲下來，在肉架邊仔細觀察了一陣說，「是鷹。他們在烤鷹。」

烤鷹？頓時，攝影師的記憶飄回了一個星期前，那個戴「素食者」頭巾的古怪少女，想起她說，吃烤鷹會遭報應的神秘言論……

「我靠！」

別墅後方傳出胖子的驚呼，攝影師和阿貢連忙追過去看，後院裏，散落著籐椅、充氣沙發、插著太陽傘的圓桌，桌上擺著乾淨碗碟，一副準備開餐，但賓客未到的模樣。在桌下，躺著一具鹿的屍體，牠沒了皮，滑溜溜，一身慘白，歪著脖子，肚皮被剖開，裏面被塞滿香料草葉，而不遠處的石階上，一對血跡斑斑的鹿茸，躺在簍子裏，好像人類的殘肢。

此外，還有一團蜷縮在地、蒼白的小動物，牠的身邊疊著一堆淺褐色鱗片。

「是穿山甲，」阿貢說，他還想再多說一點，卻再次被模糊的嘯鳴聲打斷。

「啊……啊……」

三人回頭看，聲音正是從他們身後的別墅裏傳出，但很快被音樂聲吞噬。當阿貢四處張望、尋找入口時，攝影師看到虛掩的後門彷彿被撞擊，不斷地震顫……忽然，一個巨大的黑影從門裏衝了出來——胖子連忙舉起槍，嘭——他沒有打準，黑影仍在向前衝，趺趺撞撞，一邊彈跳一邊喊：

「救……救命……啊——啊……」

一時人話，一時鳥語。

這時，攝影師才看清楚，眼前這個人正在進行劇烈變形，手指被莫名灼傷、黏合，冒著白煙，手掌的輪廓像被潑了硫酸，迅速融化，下一秒，羽毛像刀片一樣從他的皮膚底下鑽出來，再像瘋狂生長的爬山虎，一路向上，漸次割裂並覆蓋原本的肌膚。

看著這一幕，攝影師竟完全忘記了此行的目的，也不覺得害怕，只是靜靜拿出相機，像牽線木偶一般，機械地進行拍攝。

鏡頭下，男人疼得不斷向前跑，剛剛抬腿卻失去平衡，裸露在沙灘褲下的雙腿，已經縮短，變細，成了鷹爪。與此同時，絨毛好像細碎的針片，從他的臉頰上刺出來，細密的血珠子佈滿毛細孔，在陽光下散射出灼人的火光。

忽然，後門再次被推開，一個接一個的變形人從裏面衝了出來。他們跌跌撞撞，互相推搡，一步人足、一步鷹爪地向前跳躍，撲騰著血毛模糊的胳膊，像喪屍一般向前撞。

這一次，胖子不那麼怕了，他鎮定地舉起槍，「砰——砰——砰」，逐個逐個，將掙扎中的人擊暈。

就在阿貢與胖子對付湧出來的變形人時，攝影師已順著門縫溜了進去。奇景像烈酒一般，將他的靈感啟動，吞噬了他的恐懼。他端著相機，像端起槍，對著室內一通掃拍。

歐式裝修的大堂裏，音響播放交響樂，一張長長的紫檀木桌子，上面擺滿美酒佳餚，鑲嵌金邊的瓷盤，反射著水晶燈的波光；滿屋瀰漫著炙烤後的肉香，以至於整個空間都像一個烹調著美味的鍋爐。而那些賓客呢，有的跪在椅上，不斷掐自己的脖子，嘗試乾嘔，有的則蜷縮在地上，疼得以頭撞牆，撕扯著臉上的絨毛，還有的在互相幫忙，用小刀刮胳膊上的羽毛。一時間，陣陣哀嚎，像伴奏一樣，隨著交響樂此起彼伏。

就在攝影師沉浸於視覺上的衝擊時，忽然，一聲尖銳的嘯鳴再次從高空傳來。他彷彿被閃電驚醒，抬起頭，窗外，一片黑影正從高空俯衝而來——蓑衣與長裙在風中飄起，面頰的絨毛像松針般刮破雲朵，鳥喙一張一合，發出警告的長嘯。

「咔嚓——」攝影師匍匐著捕捉他夢寐以求的瞬間，直到她化作身長三米的巨鷹，一頭撞碎窗戶，雙爪踢翻攝影師手中的武器，向著他的眼睛啄了下去。攝影師什麼也看不到了，只能聽到嘯鳴像大雨，鋪天蓋地；但他又彷彿什麼都能看見，像鏡頭一般，記錄著腦海裏的一切。畫面裏，掙扎的賓客逐個幻化成鷹，在巨鷹的帶領下，結隊盤旋、嘯鳴，匯集成一股黑色颶風，向著屋外的世界，飛衝而去。

（發表於《文訊》2021 年 4 月號）

養雲者的死亡

一

一年一度的颱風過後，美涯灣又死了不少植物。風平浪靜的早晨，人們繞過蒼綠或焦黃的屍體，去海濱花園散步，卻驚訝地發現，在兒童角和觀海台之間的地面上，出現了一個坑，足足有半個籃球場那麼大。物業管理員很快用警示帶將花園圍起來，並給出官方答覆：這是由社區內部爆水管而引起的地面破壞，不久就會修復。但居民更相信流傳在美涯論壇裏的結論：作為由人工填海而成的小島，地面沉降的噩夢終於成真了。

老歐也許是最後一個看見大坑的美涯灣居民，那時夜已深，他搭末班船從市區回來，走在幽靜的樹影下，頭昏腦漲。酒精混著一整天的喪氣，在體內發酵，眼前不斷閃回這一天的某些時刻：被扔到垃圾箱的劇本稿，甩到臉上的辭退信，圍觀的年輕同事，喋喋不休的嘴，指向大門口的手指，箭一樣戳過來。為了避開它們，老歐開始小跑，氣喘吁吁，跌跌撞撞，終於，他穿過一排安靜的長椅，無人撫摸的灌木叢，眼看就要抵達令他舒心的海濱花園，卻忽然被絆倒。抬眼一瞧，那個原本纏滿鮮花藤蔓、彷彿愛麗絲仙境入口的鐵門，竟然被警示帶擋住，門前還立著個牌子，上面寫著「危險勿入」。但老歐看不清，也不想看，他貓著身子，打了個滾，從警示帶下鑽過去，用整個身子撞開花園大門——熟悉的海風迎面吹來。他暈暈乎乎地繞過幽靜的滑梯、蹺蹺板，向觀海台走去，這才瞧見眼前的地面凹陷了。這個宛如巨大陷阱般的奇觀令老歐清醒，他想起來了，自己似乎在報紙上瞥見過什麼大坑的報道，當他意識到自己必須盡快離開時，卻忽然見到一束微光，好似遙遠記憶裏的螢火蟲，從大坑中央飄起，又落下，反反覆覆。

這微光彷彿一道魔咒，吸引老歐走過去。他看清楚了，在坑裏，有一團白乎乎的東西，軟綿綿，輕飄飄。他本以為是什麼人遺漏的毛絨公仔，卻見到它在空中上下起伏，彷彿具有生命。他小心翼翼蹲下來，伸手到坑裏撫摸它——好像摸到一團巨大的蒲公英。一開始，它會躲避，但適應了老歐的手掌後，它開始自動變形，以柔軟的弧度迎合手掌彎曲的部分。

這真是神奇的事情。老歐忍不住將那傢伙捧起來，仔細端詳。他對它吹氣，它並不會像蒲公英那樣散去。他將它向天空拋，它便好像氣球一樣，飛一陣子，但又落下來。他想，也許是什麼奇怪的生物？於是，他捧著這團東西，走到保安室。

保安捏了捏它：

「這不就是一大坨棉花嘛。」

「可是它會發光啊。」

「現在很多玩具都可以發光，氣球也可以啊。」

哦……原來是這樣。老歐有點尷尬地離開保安室，覺得自己的腦子真是被酒精泡壞了。儘管如此，他還是小心翼翼將它放置在一個乾淨的長椅上——那麼白淨，可不要沾了土。轉身離去時，卻忽然看到它移動起來，一上一下，跌跌撞撞，緊緊跟著老歐。

老歐一邊走，一邊回頭看它——這傢伙，跟朵雲似的——啊，老歐被自己的想法嚇到了，它不會是一朵雲吧？

但很快，這個想法就像是煙花一樣點亮了老歐煩悶的心。他蹲下來，輕輕捧起雲，撫摸著它那微顫的，受了驚嚇一般的柔軟身體。

「不要怕，」他對雲說，「我帶你回家。」

就像曾經在街頭救助一隻打濕了翅膀的麻雀，從停車場的輪子底下抱回奄奄一息的奶狗，又或者從餐廳的籠子裏領養一隻大白兔，老歐先將雲放置在一樓客房，從玻璃櫥櫃裏拿出消毒液，像噴香水一樣，在雲的四周留下淡淡檸檬味。隨後，他將雲放進許久未曾使用、像小城堡一樣的粉藍籠子裏，給它蓋上印著星空圖案的真絲披肩，點亮了薰衣草色的燈。

雲的出現很快洗刷了老歐再次失業的抑鬱，他的生活重回規律的自娛自樂。每天六點起床，一邊吃牛奶麥片粥，一邊看卡通片，雲乖乖趴在他的腿上，聽他解釋劇中的情節。當晨光像碎銀子般潛入廳堂時，他拉開窗簾，對著陽台外那片綠油油的草坪舒展身子。雲隨著他的腳步，也在地面上輕飄飄移動。晨浴完畢後，他套上藍白波點襯衫，直筒牛仔褲，將一頂格紋報童帽扣在光頭上，捧著雲出門了。

熟悉的鄰居向老歐打招呼，除了如常讚美他的穿搭外，也讚美雲：

「這是新買的抱枕嗎？還是什麼飾物？很特別啊！」

「不。」老歐輕撫雲，將它拋起又迅速接回懷裏，「這是一朵雲，一朵從天上掉下來的雲。」

自那以後，美涯灣的居民時常見到老歐和雲的身影。有人將老歐對著雲自言自語的樣子偷拍下來，發到了美涯論壇。化身為各種帳號的居民在帖子裏聊天：

「怪叔叔居然和一大團棉花作伴……」

「中年危機引起精神分裂？」

「我很早就留意他了！覺得他打扮很奇怪，沒想到腦子也有問題……」

老歐幾乎不上網，沒看到美涯論壇的帖子，但多少感受到旁人對他的注視，他並不為此煩惱，反而有種久違的欣喜。實際上，他樂於被標籤為怪人，並堅信自己與眾不同。

年少時，他能聽懂衣櫃和台燈在夜晚的竊竊私語；救過一隻烏鴉，並每日收到牠寄到窗邊的玻璃片；在一次旅遊時發噩夢，預言了爸爸被劫匪刺殺的事實。後來他把自己的經歷寫下來，當作週記作業上交，被老師視為寶藏，參加比賽拿了大獎，大人們都認為他是天才。遺憾的是，十五歲以後，他再也遇不到異於常人的事。為了掩蓋平庸，他唯有繼續寫週記，虛構奇怪的經歷，這沒有令他找回獨特的能力，倒是讓他被電視台的編劇班錄取。

「你知道雲為什麼會從天上下來找我嗎？」當孩子們對老歐的雲好奇時，他便忍不住說起往事，「因為呀，它是我創作出來的，它認得我。」

孩子們揚起青棗般的小臉，似懂非懂地望著老歐，但很快，注意力就再次被雲吸了去。他們伸出小手，搶著觸碰它那軟綿綿的身體。老歐便自顧自地講下去：

「你們看過《神奇少年》那個卡通片嗎？唔，回去問問你們爸媽，他們肯定看過啦——那故事可是我寫的！那裏面有四個少年，每個都有不同的超能力，其中一個，不僅能和雲說話，還能和它一起去探險呢……」

老歐沉浸在回憶裏，覺得那些被遺忘的、發現奇怪事物的能力，又逐漸回來了。

直到有一晚，當他心滿意足捧著雲回到家，卻忽然發現燈亮著，門也沒鎖。

「我回來拿點東西。」

一把女聲從他頭頂上的樓梯傳下來，伴隨她噔噔噔的急促腳步——那是曾陪他度過五年時光，最終還是走向分手的雅子。

數月未見，她剪了短髮，穿牛仔背帶短褲，不施粉黛，像學生一樣輕盈靈動。

和那個新晉導演在一起，收穫不少吧？嫉妒讓老歐在心中質問，但自尊心逼他沉默。他故意什麼也不說，倚靠在大門口，把玩著手中的雲，任她上上下下地跑，拿出衣物和書籍。

他一邊對雲喃喃自語，一邊期待她能問候自己，或者關心一下他手中那個神奇生物，那樣的話，他就可以對她說，你瞧，我之前跟你說過的超能力又回來了——但最終，她只是輕輕說了一句：

「鑰匙放你櫃子裏了。我走了。」

雅子的突然出現與迅疾離去讓老歐失落，他窩在沙發裏，像一灘爛泥。雲似乎感受到了老歐的難受，飄飄撞撞地攀上他的膝頭。他撫摸著雲，彷彿撫摸一隻軟綿綿的小貓，內心的苦悶就這樣流瀉出來。

他說起自己與雅子的相識，說起她那張小貓般的臉，說起她曾經機靈又崇拜地盯著他。

「那時我還在電台做編審，她是新來的實習生。每年我都帶不少實習生，但不知怎麼，見她的那一刻，我就有一種莫名其妙的感覺……」

為了那難以言說的莫名情感，老歐和分居多時的老婆離了婚，和雅子搬到美涯灣來住，全心全意開啟一場重回青春的冒險，並不斷把雅子的劇本推薦給自己熟識的圈內好友。但一切都隨電視台的幫派鬥爭而逐漸崩塌。台長忽然辭職，並挖走一批創作者，另立門戶，做新媒體。雅子勸他跟著離開時，他猶豫了——高中一畢業就在電視台做學徒，那麼多年的情誼，他捨不得。結果，沒過多久，新的台長上任，他很快就被裁員。

「之後呢，我很長一段時間都找不到事情做，像個廢物。

你懂嗎？垃圾，廢物……」

老歐越說越多，將近兩年來的不痛快一股腦吐了出來。奇怪的是，每說一句，他便覺得有個什麼東西附在自己的腦子裏，將那些惱人的記憶逐漸抽離，直到全身被煥然一新的輕盈感所覆蓋，再低頭看，只見雲的身上，出現了一條條彷彿血管般的、逐漸烏黑的線條，宛如逐漸暗沉的夜光。

這是怎麼了呢？老歐連忙從廚房拿出無紡布為雲抹塵，急促又細緻，但毫無作用，那些烏黑的線條，彷彿生長在雲的身上。

雲感應到老歐手指傳來的焦急，努力綻放光亮，像閃爍的星，漂浮著告訴眼前這個人類，自己沒有大礙。

老歐捧著雲，像捧起一汪湖，一邊為它突如其來的污漬感到自責，一邊卻沉浸在低落情緒被抽離的舒暢感中……就在這一刻，他冒出奇怪的想法：

會不會是雲吸走了我的壞情緒呢？失望、自卑、孤獨、焦慮……通通在雲的體內轉化成了髒兮兮的痕跡？

哎呀，想到這，老歐愈發自責了。

可憐的小東西，跟著我這個怪大叔在一起，你也變得黑黑的，這樣可不好啊。

他嘗試對雲說一些快樂的事情，洗走污漬，可是想來想去，也只想出例如「昨天吃的鹹蛋肉餅飯很好味」之類的話。直到他捧著雲，走入書房，並從抽屜裏翻出一本本相冊，那些背他而去的時光，似乎又逐漸回來。

「嗱，這是我們家以前的樣子，這個就是雅子，美吧？這個是阿程，我的第一部動畫片就是和他一起寫的。這個是阿寶，他那時還不是大明星，在我們台裏做替身而已。這個男人是誰來著⋯⋯我想想⋯⋯哦對，他是秦總。看上去文質彬彬吧？其實是黑幫大佬，經常投資黑幫電影，宣傳他的幫派⋯⋯」

老歐每說一件事，眼前的影像便不斷旋轉，模糊，彷彿瞬間又穿越回了快樂的舊時光。而他手中的雲，也隨著他的敘述，一點一點消退污痕，重返白淨。

那天晚上，老歐彷彿經歷了一場幻夢。他感覺自己又坐在桌前，用電視台的稿紙寫劇本。每寫一個字，它就跳到天空，幻變出不同的影像，最終變成少年和雲。他們一時在深海裏躲避人魚的追擊，一時又進入森林與半獸人做遊戲，一時又飛去藍天游泳，最後，他們踏上紅地毯，面對幽靜的黑夜，掌聲卻從夜的深處傳來，呼啦呼啦，呼啦呼啦……當他醒來時，看了看自己的手，依然是粗糙的中年皮膚，但身邊的雲卻成長了，由最初一團抱枕的大小，逐漸膨脹成一頭白汪汪的小豬——卻愈發輕盈，風一吹便飄到天花板。但雲似乎尚未習慣自己的變化，稍稍飛高些就劇烈顫抖，打著旋兒跌回老歐懷中。

這樣可不行啊，老歐想，身為一朵雲，遲早要回到天空的，怎麼可以害怕飛行呢？為此，老歐在雲的身上纏了一根線，像放風箏一樣，牽著雲，訓練它飛。

美涯灣的人又有熱鬧看了。論壇出現了新帖子，「野生捕捉放雲怪叔叔」，網友們爭相上傳老歐放雲的照片——沙灘邊，長椅上，咖啡廳的玻璃窗後，公廁的鏡子前……直到最近，雲出現在美涯超市的寵物欄。

「我是美涯超市的保安。那天，怪叔叔又在放雲，一路放到了超市門口，我趁機攔住他。

我說，先生，你不能這樣進入我們超市。

他嚇了一跳，問我為什麼？

我說，因為不能攜帶金屬氣球入內。

他很生氣，說，那不是氣球，那是雲！

你們真應該看看他那副認真的神情，又瞪眼又推帽子的，我忍笑忍得好辛苦！

我接著說，哦，是雲呀⋯⋯那麻煩先生將人類以外的生物寄存在寵物欄，謝謝合作。」

這條發言引起了一連串的回應與點讚。超市保安沉浸在虛擬社交裏，完全沒有留意到，一個身高一米二左右的黝黑男孩，正悄悄靠近超市的寵物欄。

二

對於文仔來說，那是快活的星期五午後，不用補習也不必擔心功課，他一放學就去林蔭大道玩耍，大叫著嚇跑一群麻雀，再折斷一串花朵，將花瓣撕碎，扔到被封住的花園門前。如果不是它被封了，文仔接下來會去兒童角去玩單雙槓。如今，他只能順著大道往前走，去美涯超市看熱鬧。超市當然沒什麼好玩，好玩的是門口的寵物欄。那裏的狗真多呀！大的，小的，白的，黃的，斑點的，每次去都不同。他總是悄悄從家裏偷出點牛肉乾，帶到寵物欄餵狗。而這一次，他發現那裏不僅有狗，還有一塊宛如棉花糖的東西，飄在空中。

這是什麼呢？他扯了扯繫著雲的線，雲便隨之降低，與他視線平齊，發出淡淡的，好似硬糖外殼的閃光。

他摸摸雲，好像摸一隻安靜的小兔，一股奇怪的感覺傳到文仔手心——它彷彿在呼吸，在蠕動，一顫一顫的。

「喂！」

文仔對雲說話。

「你是什麼？」

「你的主人是誰？」

「你要吃東西嗎？」

當文仔撥開牛肉乾的包裝，他腳邊的狗已經忍不住上躥下跳甩尾巴，唯有雲依然靜於風中。文仔好奇，捏著牛肉乾，戳了戳雲的身體——它輕輕地晃了晃。這讓文仔更有興趣，用力地將牛肉乾向前伸——只見那柔軟的雲竟彷彿痙攣一般，向中心收縮，嗖一下，將牛肉乾完全地吸走了。

啊！

文仔嚇得直往家跑。他要把這個事情告訴爸爸。

當他穿越林蔭大道、籃球場、咖啡廳、圖書館以及一排整齊的小洋樓，爬過山坡路，進入人煙逐漸稀少、雜草叢生的廢墟村落，穿過那些外壁上貼滿白色封條的平房，再跳躍過一堆堆亂磚，便見到幾個零星散落的海藍色鐵皮屋——文仔就住其中一間。

當文仔推開家門，正好碰上一隻甩到門口的拖鞋。灰暗的光下，兩個高大的剪影在家中罵來罵去，彷彿兩隻對著咆哮的鬼，但文仔一點也不害怕，因為他知道，沒多久，這一雙影子又會抱在一起，親來親去的。

「爸爸爸爸……」

他纏住文爸不斷跳動的大腿：

「我看到了一個怪物！」他說，「怪物！」

文爸一把將文仔抱在懷裏，嘴裏卻沒有停止和文媽的爭吵，兩人相互扔東西，直到一條青瓜砸到文仔，他大哭起來。文爸文媽手忙腳亂地哄文仔開心，東問一句西說一句的。

文仔顧不上疼，抽泣著重複：

「……我看到了，看到了一個，怪，怪物……」

「噢噢，阿仔不哭，阿仔乖……」

「真的，真的有怪物……」

文媽以為文仔遇到了壞人，一把推開文爸，認真詢問：

「阿仔，你跟媽咪形容一下，是個什麼樣的怪物？他有沒有欺負你？」

「是個棉花糖，會吃肉的棉花糖！」

文爸文媽面面相覷。

忽然，文爸一拍大腿：

「我知道了！」他一邊說一邊比劃，「阿仔說的是那個，那個把大棉花當寶貝的，怪大叔！」

「哦——」文媽也發出恍然大悟的長嘆，隨後她與文爸二人陷入連綿不斷的大笑，嘻嘻哈哈地收拾被自己攪亂的房屋。

文仔望著逐漸遠去的高大剪影，覺得自己的重大發現沒有受到應有的關注，倍感鬱悶。接下來的一星期，他先揍了同桌一頓，強行借走其 iPad，然後，每天放學都守在超市的寵物欄邊。一天，兩天，三天……終於，雲再次出現。文仔一溜煙竄過去，顧不得被撞到的路人和被嚇得狂吠的狗。他一手舉 iPad 拍攝，一手掏出準備多日的牛肉乾，對著雲，重複上一次的動作。

iPad 鏡頭下，雲一聲不吭，沉默地痙攣、放鬆，一張一弛地吸收著突如其來的牛肉乾，一粒，兩粒，三粒……緊接著是地面上的小石頭，樹葉子，花瓣，逐個逐個，迅速又無聲地消失在那彷彿永遠也不會沾染污漬的、柔軟的身子裏。

「我的天……」文爸看著文仔拍攝的視頻，反反覆覆看了十多次，才敢相信自己的眼睛，從恐懼，到難以置信，再到靈光一閃——那不是一朵普通的雲，他想，那是可以吞噬世間萬物的雲，是黑洞，是寶藏。

老歐還不知道雲和文仔的相遇，更沒有察覺異物被塞入雲的體內。只是第二次離開超市寵物欄後，灰暗濃稠的液體從雲的體內流出，一點一點，滴了一路，這可嚇壞了他。不會是被狗子給咬了吧？他捧起雲反覆觀察，見不到任何傷痕。但那些液體仍滴滴答答流淌，落在老歐手掌心，他聞了聞，感到苦澀。雲在哭嗎？他想，會不會是因為訓練飛行太密，疲倦地流淚了？好了好了，他撫摸著雲，安慰它，我們休息幾天便是了。

幾天後的夜晚，老歐剛剛泡完澡出來，門鈴響了。

出現在貓眼裏的是文爸——但對老歐而言，那是個陌生男人，穿著發了黃的汗衫、花格子沙灘褲，露出粗壯黝黑的四肢。

「你哪位？」老歐警惕詢問。

「先生！」文爸在門外急促呼喊，「先生，求你救救我的兒子吧！」

老歐開了門：

「怎麼了？有話慢慢說。」

「我兒子，前幾天和你的雲玩遊戲，然後不知怎麼，不吃不喝，又哭又鬧，天天說要找雲……」文爸急得快哭，一邊說一邊哆嗦著掏出手機，播放事先用 App 剪輯好的視頻。

老歐低頭看，只見視頻裏，雲正一上一下地從文仔那柔軟的小手裏，強行吸走他的零食。而畫面裏出現的寵物欄，也令老歐回想起雲離開超市後流出的渾濁液體。他明白了，那是雲偷吃零食造成的。老歐望著眼前焦急的父親，不禁內疚，疾步走回屋內，牽起雲的繩子就往外走。當他跟在文爸身後，爬上夾岸生著路燈的山坡路，拐了個彎，進入一片雜草叢生的廢墟時，才略感心驚——在美涯灣租住了一年半，從沒來過這邊，只知道在填海之前，島上的原居民住在這村子裏。

橙色的燈光從遠處傳來，老歐瞧見一排藍色鐵皮屋，像小工廠一樣，立在夜色裏。

一個圓乎乎的女人開門迎出來——那是文媽。

「啊，雲來了，雲來了——阿仔，快出來看看！」

老歐跟著文媽進了屋，只見雜亂的廳房深處，有一個摺疊門簾，一個小小的身影在門簾後，悄悄探出頭。就在老歐牽著雲，向著門簾而去時，「咔嚓」一下，有人在他身後剪斷了雲的繩子。在老歐迅速回眸的時刻，雲已經被文爸牢牢抓住，並扔到蛇皮袋裏，鎖了起來。

老歐恍然大悟，知道自己被騙了，不過來不及憤怒，他只想把雲救回來。

文仔就在那門簾後面，看著老歐高瘦的影子，和爸媽肥圓的影子扭打在一起，然後，他的視線落到了蛇皮袋子上，他知道，那個吃東西的棉花糖在裏面。

大人們沒有留意腳下的動靜，連打帶罵，終於，老歐被推倒了。他原本只是向後拗，結果又被文爸踢中膝蓋，整個人斜著就倒了，在倒地的途中，他的腦子磕到鐵架，雙眼一閉，昏過去了。

「你幹什麼啊！」文媽吼文爸，「你把他弄死了怎麼辦！」

「不是你讓我踢他的嗎？」文爸反駁，「怎麼，現在出事就怪我了，怪我你有好處嗎，好趁機讓警察把我抓走，你就再去找第二個嗎？」

文仔對爸媽的爭吵不好奇，他已經將雲從袋子裏悄悄捧了出來，並匍匐著到老歐腦袋前，摘下那頂格紋帽子，戴在自己頭上。

他看著眼底的光頭，又看了看手中的雲，忽然被新想法刺激了。於是，他使勁舉起老歐的頭，往雲的身子裏塞。

當老歐的身子在地面迅速移動並發出噌噌噌的聲響時，文爸文媽才終於發現異樣，只見腳下的雲，正一張一合，無聲且有節奏地，吞噬老歐的身子，從頭到腳，一點不落。

美涯灣居民好久不曾見到老歐和雲，網友的關注點便又回到了大坑上。還我濱海花園！有人在安全欄外拉起橫幅：還我物業管理費！橫幅下多了更多的標語。直到有一天，一輛海藍色的鐵質小推車出現在林蔭大道。車上懸著一朵潔白的雲，雲後站著戴著小丑面具、穿著花花襯衫的文爸，雙手煞有介事地遊走於雲的四周。

在石板地玩耍的孩子們迅速圍了過去，一個個都瞪大雙眼，盯著文爸的手，還有那朵白汪汪的、飄在空中、在陽光下反射出點點光亮的雲。忽然，一顆糖果被拋上天空，雲在文爸的操縱下，被透明的線牽引，像木偶一樣騰飛，穩穩接住糖果，然後將它吸了進去——這引起了孩子們的驚嘆。同樣的動作重複了三次後，文爸故意停住，他的雙眼躲在面具後，掠過這群小孩，觀察四周圍的大人——他們才是需要被吸引的消費者。

當晚，文爸的雲魔法視頻被文媽傳到美涯論壇。居民們都好奇，「這又是哪來的一朵雲？」文媽連忙在帖子下面回覆：「我在廢墟村旁邊的藍鐵皮 café 見過那朵雲，它真的是雲！而且還會吃東西！」

越來越多的美涯居民開啟尋找藍鐵皮 café 之行。膽大的人隻身前往，膽小的人則組團而至。只要他們踏過那片陰森的廢墟，便能見到豁然開朗的平地，還有那童話一般的藍色鐵皮屋。而那朵雲，正被一條線牽著，飄在屋子門前，晃來盪去呢。

「哈嘍，請問你想餵雲還是放雲？或是欣賞雲魔法？我們有不同的服務。」文媽站在門口，穿著魔法師一般的長袍，笑眯眯的。

為了滿足孩子的好奇心，大人們自然是什麼服務都會掏錢試一遍——當然，他們自己也會忍不住要花錢餵雲一次。當孩子們牽著雲在平地上奔跑、照相的時候，他們便坐進鐵皮屋歇息，吃一碗由文爸親手製作的糖水——蛋花馬蹄露、海帶綠豆沙、芝麻糊燉鮮奶……不知是不是見過了雲的緣故，人們竟覺得，這鐵皮屋裏的糖水，還真是和其他地方的不一樣，有點如夢如幻的感覺呢。

這一下，文家生意再次紅火起來。當文爸對著文爺的遺照燒香時，他想起了曾經火遍全村的糖水店，還有在鐵皮屋裏度過的一整個童年。

爸，他說，我們文家沒有敗在我手裏——他被自己感動得流了淚。

藍鐵皮 café 的流行引起了更多人的關注。大小屏幕上都在介紹這一家由鐵皮屋改造的、開在廢墟邊的 café。文爸不厭其煩地對著鏡頭講述自己的坎坷經歷，如何繼承父親的手藝，去餐廳打工、攢錢，好不容易準備創業時，卻被朋友騙去投資倫敦金，一下子破了產，唯有搬回那個曾經養育自己童年的鐵皮老屋子去住。至於他是如何偷偷拿了文爺在市區的房產證去投資，又是如何投資失敗導致文爺心臟病發死亡的細節，他選擇將它們爛在心中。

「那麼，你又是如何發現這朵雲的呢？」主持人話鋒一轉，嘗試掏出更多真相。

「我也不知道。」文爸狡猾又俏皮地聳肩，「也許是上帝看我做甜品太辛苦，所以賞我一個巨大的棉花糖吧。」

節目的錄製往往在輕鬆的氛圍裏結束了，但文爸接下來的夜晚卻依然不能休息，因為他要迅速趕回家，開啟新一輪的清潔工作。這幾個月，雲服務的客人多了，身子變得鬆弛又腫大，幾乎佔據了三分之一個鐵皮屋，也不再像以往那樣具有自潔功能，還長出一條條烏色痕跡，好像血管、脈搏，遍佈全身。最可怕的是夜晚。每當夜色漸沉，酸臭的液體便會順著雲的身子流淌而出，搞得文家人夜不能寐。

「得想個辦法把它弄走！」文媽戴著口罩發牢騷，手上的工作並沒停下，給雲噴白色染料、香水，再清理流淌的污液。

「你以為我想把它留在這裏啊？」文爸翻了個白眼，但還是上前幫文媽幹活，「我還不是為了賺錢……」

文仔坐在門簾後寫功課，望著廳堂裏那兩個忙忙碌碌的高大剪影，覺得不再吵架的爸媽竟有點陌生。

可惜，雲並沒有因為文爸文媽的辛苦而有所改善，反而越來越討人嫌。有一次，它不僅吸走了孩子投餵的香蕉，更用力吮吸孩子的手指，差一點就害得對方脫臼，惹得家長大發脾氣。最可怕的是，這樣的情況已經連續出現了五六次，藍鐵皮 café 的生意慘淡了許多。

「我讓你吃！」文爸很是生氣，他舉起拖鞋砸雲，甩起皮帶抽雲，文媽在旁怎麼都攔不住——想不到，雲卻毫髮未損，安安靜靜，飄在牆邊，將飛來的一切武器都吸入體內。

望著牆邊這團烏黑又龐大的物體，文爸恍然大悟——這不是雲，而是一個醜陋、貪婪的惡魔。這個想法讓文爸情不自禁打了個冷戰。他沒有留意到，自己身後的摺疊門簾裏，文仔正盯著他的背影，也看到了他對著雲施暴的全部過程。當文爸摟著文媽，搖頭嘆氣地走去門外抽煙時，文仔迅速跑出來，蹲下來摸摸雲，儘管它烏黑又腫大，可在文仔的手掌裏，還是彷彿呼吸一樣，微微顫抖、蠕動。這一刻，他看到一串串液體從雲的身體流下來。你不要哭呀，文仔努力去幫它擦眼淚，怎麼擦也擦不盡。

之後的一段日子裏，文仔越來越搞不清家中的變化了。首先，爸爸不再讓雲去接客，而是用棉花糖做了一個假的雲，放在門外，並宣稱雲病了，不能施魔法了。緊接著，每到夜晚，就會有奇怪的人來到家裏。儘管文媽會站在門簾外，不讓文仔出去，文仔依然能趴在地上，通過門縫裏的影子猜測廳堂裏的活動。他能看到有人對著雲塞東西，那些物體的影子時大時小，千姿百態。

直到有一天，文仔放學後便不再回家——文爸告訴他，他們搬家了。當文仔坐在車子裏，聽著爸媽講述新家的各種裝飾時，文仔覺得若有所失。他看著逐漸遠去的山坡路，小洋樓，超市門口的寵物欄——「雲呢？」他問爸爸，「雲要跟我們一起走嗎？」文爸摸摸文仔的頭，並指著窗外：

「雲回家了，你瞧，它到天上去了。」

文仔看著天，那裏密佈著灰黑的、初初形成的夜，根本就看不到雲。

三

儘管文仔搬了家，但他還沒轉學，依然要回到美涯灣的碼頭邊唸書。他的同學們天天都煩他：「喂，你家的雲呢？」

「雲去天上了！」文仔說。

「騙人。」

「我爸媽說，你家是騙子。」

「你家從來就沒有雲！」

文仔氣不過，回家就要求爸爸帶他和同學去看一次雲。

可哪還有什麼雲呢？文爸早就背著文仔，把雲賣了。為了不讓文仔再追問，只能把他暴揍一頓——「你再問，我就再打」，文爸威脅道。

文仔一邊哭，一邊暗下決心，一定要找出真相。於是，這一天的運動會，文仔沒有參加，他要去找雲，把雲帶到學校給同學看看，讓他們知道，他的爸媽不是騙子。當文仔穿過那片熟悉的廢墟，準備飛奔回鐵皮屋時，他看到幾個陌生男人守在屋子門外，東張西望的。文仔有點怕了，貓著身子，溜到亂石堆後觀望。不久，一輛小型貨車從另一邊駛來。他看到一個染著粉色頭髮的女人從車裏走出來，先是和鐵皮屋外的男人交談了一陣，緊接著，男人們打開了鐵皮屋——就在那一刻，文仔看到了雲。那還是他最初遇到的雲嗎？它變得完全地烏黑，彷彿一團化不開的夜，擠滿了一整個廳堂。粉髮女人看了看那片烏黑，然後從車裏抱出一個嬰兒，一個赤裸裸的嬰兒。就在文仔嚇得失去了思考能力時，男人們已經從女人手裏接過嬰兒，轉身將它塞入鐵皮屋，餵給屋裏的雲……

文仔嚇得哭出了聲，一邊哭一邊跑。這引起那幾個男人的恐慌，他們抄起木棍向文仔追去。當他們跨越亂石堆，眼看著就要一棍甩向文仔時，一聲悽厲的尖叫從鐵皮屋那邊傳過來。男人們回頭一看——只見那團黑雲像是膨脹的野獸，迅速生長、蔓延，脹裂鐵皮屋門，瞬間吞了門外的女人，也吞了她身後的貨車，像張著大嘴的野獸，龍捲風一樣席捲而來。

男人們拚了命狂奔，但很快，他們就聞到一股濃烈的酸臭從身後襲來，緊接著，他們無法呼吸，也聽不到任何聲音，光消失了，氧氣消失了，他們被凝固在一片濃烈的黑夜裏，停止了呼吸。

雲繼續向前進，吃掉了嚇暈的文仔，吃掉了一地亂糟糟的石堆，吃掉了貼著白條的廢棄平房，一路向上，飛過山坡路上生長的路燈，鮮花，綠樹。

美涯灣的居民被突如其來的黑色風暴嚇壞了。他們驚慌失措，一個個從家中向外奔跑。但來不及了，雲很快就蔓延開來，什麼林蔭大道、圖書館、便利店，一切的一切，都被吞進了濃得化不開的黑夜裏。

胃口大開的雲並不滿足，它繼續向海濱花園前進，卻遇上從遠處颳來的風，那種鹹鹹的味道讓雲忽然卻步，它微微顫抖著身子，恍惚回到了被繫著繩子、飄上陽台天花板的時光。就在那一刻，雲崩裂了，成了一股猛烈而下的瀑布，嘩啦嘩啦，嘩啦嘩啦……島上的一切都在無窮無盡的雨水中消亡，順海而去。

唯一沒有改變的是海濱花園裏的那個坑，它化作向下凹陷的孤島，堅硬地存活於災難中。當雲徹底地流瀉了自己，只剩一團薄薄的霧氣飄在坑上時，它一張一合，像蠶吐絲一樣，逐漸地淌出水滴。那些水滴觸地便成了人體，由頭至腳，逐漸拼湊成完整的人——那是一個清瘦的少年，四肢又細又長，腰桿總也不會彎曲似的。

少年在病房裏醒來的時候，他已經想不起過往的事情，只看見有人坐在床尾——是一個女人，頭髮短短的，臉像一隻貓，說起話清脆又急，像鞭炮炸裂。她告訴他，他是美涯灣裏的唯一倖存者。她還說了很多，什麼自然災害啊，大坑啊，黑雲啊，風暴啊，噼里啪啦的。他什麼也聽不懂，思緒輕飄飄，只是依稀記得，自己彷彿進入過一片濃得化不開的黑夜，差一點點就窒息了。

（發表於《小說界》2019 年第 4 期）

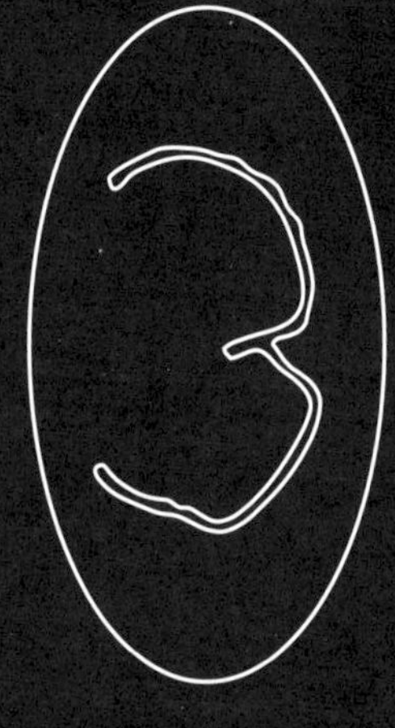

燒野豬

十歲生日那天，媽媽沒空陪我慶祝，因為要趕去探望外公，但那根本多此一舉，他早在拂曉的灰茫裏跳了樓，被人發現時，太陽已經出來了。我沒能見到外公躺在馬路上的樣子，媽媽不讓我去看，說會嚇到我，影響我寫作業。我不喜歡她什麼都管著我，拿我當個小朋友。外公活著時常勸媽媽對我寬容些，但現在他死了，不會再有人來替我說情。儘管沒吃到生日蛋糕，我還是認真許願，希望能順利殺死新鄰居，為我外公報仇。

我和媽媽住在名為晴天邨的公屋，樓林外壁色彩繽紛，吸引不少遊客參觀，但如果他們願意走進我住的那棟樓，穿過擁擠屋門，途經土地神龕、發臭波鞋、污水、菜葉，聆聽溢滿走廊的粵劇、麻將、吵罵聲，就能恍然大悟：這是個金玉其外的貧民窟。在這裏，我時常遇到奇怪的東西：缺了半邊肢體的男人；邊走路邊咳血痰的阿婆；對著麻雀說話的弱智。每當我經過他們，我都忍不住想念以前的家——能望見遠山大海的窗，繪滿藍天白雲的牆，陪伴我的菲傭、金魚、木馬、仙人掌、粉色充氣沙發。但更多細節我已說不出，因為我在幾年前的一個暑假被接去外公家住，陪他釣魚，游泳，看小船浮在水面，曬得好似一條泥鰍，等再開學時，媽媽帶我搬進這間 300 呎的屋子裏，再也看不到海，也見不到爸爸。沒人告訴我，他們去了哪裏。

我不知道新鄰居是否和我一樣，失去心愛事物才被迫搬進晴天邨，但我懷疑，她是噩運的化身。起初我不明白所有事件的關聯，直到我仔細回想，一切才有跡可循——她搬到我家對面那天，不祥預兆已經出現。

一個月前，媽媽接我放學回家，順便去街市買菜。我討厭吵鬧腥臭的街市，便以學習為由，躲在街角書店等她。不久，我被街對面的奇怪生物吸引。黑壯，沉穩，好似一頭被放大的狗，又或者說被縮小的牛，邁著短壯四肢，不疾不徐，行走在草叢邊，圓柱似的鼻頭融入柔軟翠綠，一身烏黑氤氳在雨後的潮濕中。當我小跑著接近牠，伴隨著路人或驚慌或好奇的竊竊私語，我確認了自己的猜測——那是一頭野豬。我難以將牠和《獅子王》裏的彭彭聯想在一起，實物可比動畫難看多了，且沒有生出標誌性獠牙。這並不阻止我因發現異類而產生的興奮，我小心翼翼混入圍觀人群，忽然，一隻大手將我衣領揪起。我來不及回應，雙眼就被那隻手緊緊捂住，整個人被摟著向前衝。媽媽急促的聲音在我耳邊不斷迴響：快走快走，乖女不怕，我們快走⋯⋯

我能理解媽媽的驚慌。她曾多次跟我說起，幾年前一次郊遊中，我被一頭從山坡衝下來的野豬襲擊。儘管我的小腿還留有縫針後的疤痕，但我怎麼都記不起被傷害的過程，以至於再次見到野豬，我毫不畏懼。但媽媽卻如臨大敵，一整晚都在給管理公屋的機構打電話。

「喂，你好，我家附近出現了野豬。是的，就在晴天邨樓下的那條街，很多人都看到，我的女兒也在⋯⋯牠生著好長好長的獠牙，又黑又壯，很可怕，你們快來人捉牠，不然牠要咬我，咬我的女兒⋯⋯」

媽媽誇大了事實，這對野豬來說太不公平，牠只是在吃草。我不喜歡媽媽這樣做，可我不敢反駁，因為她一旦生氣，就會進行自殘式回擊。不知不覺地，我在重複的投訴聲中睡著，但並不安穩，莫名鈍響好似狂風驟雨，裹挾叫罵，整宿捶打我耳膜，讓它隱隱作痛。我在夢中認為，那是媽媽和人吵架的聲響，等我醒來才發現，嘈雜與媽媽無關，她根本沒打電話，而是赤身裸體地蹲在大門邊，緊盯貓眼。至於擾了我整夜的噪音，便從門外傳來，是一把粗糙的女聲，高亢、剛硬，直到此刻仍未停歇。

「媽媽，你在做什麼？」

「噓——」她示意我閉嘴，揮手讓我站到門口，把貓眼讓給我。

我踮起腳，從模糊的小圓洞裏看到對面大門。那裏原本貼著褪色的「福」，但昨晚換了住戶，「福」被一張老人的臉取代，黑白色，皺紋擠滿狹長面容，雙眼噙著怨恨似的，與我對視。

「砰砰砰——咚咚咚——」，對面門裏不斷傳來敲擊聲，伴隨著毫無邏輯的叫罵。

「新鄰居是什麼人？為什麼要在門上貼那樣的照片？」我問媽媽。

「不知道。」媽媽搖頭，「肯定是個瘋子。」她日益瘦削的臉使勁皺起來，彷彿脫了水的番茄。

每當這扭曲的神情出現在媽媽臉上時，我便得迅速遠離，以免她突如其來的怨氣好似噴泉般將我吞沒。當我躲在廁所洗漱時，媽媽焦躁的聲音又從客廳灑進來，好似蟻群搬家，渺小如塵，卻源源不斷。

「喂，你好，是這樣的，我對面搬來了一個女瘋子……她把遺照貼在大門上，又敲東西又罵人的……拜託你們派人來看看吧，我一整晚都睡不著，我已經夠慘了，經不起這樣的折磨，我要返工，要還債，還要養我的女兒，我不可以睡不著覺……」

恍惚間我竟覺得，從昨晚起，媽媽就一直在打電話投訴新鄰居，而非野豬；又或者，那個野豬一夜間變成新鄰居，繼續纏繞我們的生活。

之後的每個夜晚，從十一點開始，新鄰居的咆哮與敲打便斷斷續續，直到天光。我和媽媽共用鐵架高低床，她在下鋪翻來覆去，彷彿給新鄰居的咒罵伴舞。為了抵抗失眠，她戴耳塞，小聲數數，播放交響樂，但都不能遮擋令人不安的噪音，最終她哭了，嗚嗚嗚的聲音好像濃霧，氤氳著生滿黴斑的寢室。我在上鋪不敢翻身，害怕引起媽媽更強烈的不安。平靜反而讓我成了新鄰居的聽眾，原本模糊不清的叫罵，逐漸跳躍成字句，印入腦海：「我要你血債血還⋯⋯你生幾多就要你死幾多⋯⋯天收你、地鑿你，我要和你攬住死——」，彷彿在朦朧中聽電台播放靈異故事。但沒過幾天，我便不再有機會欣賞，因為媽媽逼我睡前喝紅酒。連續三杯下肚，我就昏昏沉沉，所有響動化成肥皂泡，無聲又綿軟地在夢中爆破。

新鄰居的吵鬧惹煩了整層樓的住戶。那些每次碰面都不會打招呼的人，此刻都成了媽媽的朋友，只要在電梯或垃圾房偶遇，便聚在一起傾訴。

「觀風樓那單案子，你們知道吧？那不就是有個瘋子，放火把鄰居給燒了，一家四口啊，全都燒焦了。」

「是，什麼都不怕，就怕遇到這種瘋子，殺人不犯法，好難搞。」

「我現在一得空就打電話投訴，房屋署啊，區議員啊，能找的都找了，結果呢？A 讓我去找 B，B 又讓我去找 C，C 最後告訴我他管不著——仆街，全都是垃圾。」

輪到媽媽的時候，她通常先長嘆一口氣，再將眉毛皺成倒八字，緩慢又憂愁地，訴說我們近來的遭遇，彷彿這惡魔般的新鄰居，也是令我家陷入窘迫的幫兇。

我將上述事情逐一說給外公聽的時候，是那個月的第二個星期天，也是新鄰居入住的第十日。每個星期天，媽媽都送我去探望外公。他不再住在離島上的平房，而是搬到了安老院，一個兩層樓高的建築，掛著掉漆牌匾。外公從不讓我進去，而是在附近小花園等我，再帶我去飲茶。自從三年前骨折過一次，他拄拐才能走路，遠遠望見我，便好似不懼風浪的小艇，一腳深一腳淺，搖曳但篤定地向我駛來。

「那是個什麼樣的女人？」外公問我，花白眉毛揚起，像兩撇好奇的浮雲。

「我不知道。她很少出現，只有一次，我從貓眼裏看到她的背影，又胖又高，穿一身黑，還戴黑口罩。」

「唔……」外公若有所思，嚼著蝦餃幫我分析，「她打扮得真古怪。可能是類似於蝙蝠俠那樣的神奇人物？人到中年，被超人集團炒了魷魚，又不做運動，就發了福……」

「怎麼可能！」我大笑著啃鳳爪，「我沒見過那麼喜歡罵人的蝙蝠俠！她每晚都罵人，很可怕！」

「喔……那她肯定是太寂寞了，沒有朋友，所以想引起其他人的注意。」

「是嗎？」

「真的。前陣子有個女院友，跟我差不多歲數，剛剛入院的那幾天，每晚都不睡覺，就躺在那裏罵啊罵的。當時，所有人都怕她，不知道該怎麼辦，護工差點就準備給她打鎮靜劑了，這時候，你外公我就出馬了。」

「你做什麼了？」

「我就聽她罵人，幫她助威，再跟著她一起罵。」

「那她不就罵得更起勁了嗎？」

「不不不。人是這樣的，當全世界只有你一個人做某件事，你會覺得很酷。但當有第二個人跟你做同一件事時，你就會覺得沒什麼特別——總之，沒多久，那女人就不罵了。我就趁熱打鐵，繼續惹她聊天，甩了一包撲克牌在桌上，問她要不要玩幾盤。她馬上就雙眼發亮，笑呵呵的，什麼憤怒都忘了，跟我玩了一晚上！」

我不確定外公說的是否真實，但我喜歡聽他說這些亂七八糟的事，似乎所有痛苦都可以在他的述說裏化成玩笑。

「不過話說回來，你媽這個人啊，太負面，把什麼都當成壞的。她不也常說我是害人精，現在也不願見我？呵……」外公給我倒普洱茶，「你要幫我多勸她，凡事都要往好了想，知道嗎？」

我點點頭，咬了一口包子，黃色流沙淌出來，甜絲絲。

外公每次見我都讓我帶一兩句話給媽媽，因為他們已很久不曾面對面交流。在外公家度過最開心的暑假後，媽媽便時常對我說外公壞話，在她嘴裏，外公是一根筋的怪人，彷彿沒有魚去游泳的清水。「會有人跑去害自己的女婿嗎？全世界只有你外公能做出這種事。」

起初我因媽媽的話而對外公產生懷疑。但自從學會上網搜索資料後，我嘗試輸入爸爸姓名，結果在一兩條陳舊又簡短的報道裏，看到他的介紹，據說他在什麼組織裏，騙了很多人的錢，結果被知情人士舉報，就落網了，財產全部被沒收。儘管我為爸爸是騙子而感到痛苦，但一想到外公並不是害爸爸的兇手後，又忍不住高興起來。

不過，真正讓媽媽恨透外公的，是他那場突如其來的戀愛。他把原本說好留給我的平房賣了出去，用那筆錢給女朋友買公寓。媽媽怎麼都不敢相信，外公竟能做出這種事，彷彿刺了她一刀。我記得她在電話裏對外公說，如果他一定要那樣做，就讓那女人來養外公的老，「我們到死都不要再見了」。我覺得媽媽這麼說只是為了威脅外公，讓他不要把財產留給外人，但外公卻同意了，媽媽便又被刺了一刀。那女人現在在哪裏，我不知道，總之兩年前，外公住進安老院。儘管媽媽每個月都把我送來陪外公兩次，但她總是送我到花園邊就走，頭也不回。

「你還記得盧爺爺嗎？」外公開啟新的話題。

「很喜歡唱歌的那個？」

「你還記得！如果他知道，一定更喜歡你了——不過沒機會啦，他死了。」

外公最近總是跟我說起一些老人的動態，不是那個抱過我的婆婆，就是這個教我功課的爺爺。他們有的病了，有的死了，有的像長工一樣替眾多兒女照看後代，有的跟著兒女去了外國又被趕回來，還有的跟外公一樣，住在安老院裏，等著親人去探望。

「老盧很多年都一個人住，天天晨跑夜跑的，時不時還出海捕魚。就在上個月，他站在台階上打蟑螂，沒站穩，摔了一跤，後腦勺撞在鐵櫃子的尖角上，當場就死了。」

我把外公說的事通通轉述給媽媽聽。我想她一定跟我一樣，聽到死訊時，情不自禁聯想起外公，擔心與他相處的時日也不多了。但媽媽什麼都沒說，只是不停地切肉，哆哆哆——哆哆哆——直到門外傳來一陣爭吵。

「噓——」媽媽示意我不要出聲，然後，她溜到門邊，貼著貓眼看出去。

通過門外傳來的聲音，我猜測來了兩男一女，正在找新鄰居的麻煩。一陣窸窸窣窣的、模糊的對話後，新鄰居高亢的聲音再次發作。

「你們來啊！進來啊，我不怕你們。什麼大風大浪我沒有見過？」

「女士，請你冷靜一下，我們接到投訴，說你長期對鄰居進行騷擾……」

聽到這，媽媽大吃一驚，連忙抄起手機，躲進廁所打電話。我便趁機趴到門邊，透過貓眼看外面的世界。走廊裏，三個警察圍在大門邊，通過他們肩頭的縫隙，我看到新鄰居的腦袋，她依然戴著黑色口罩，脖子下還是那佈滿油漬的黑色領子。

「嘎吱——」新鄰居推開身後的鐵門。

「來，你們來看。」

我的視線立馬緊貼警察後背，潛入好奇已久的神秘洞穴。可惜光線不足，我只能隱約見到，門後堆滿各式各樣的紙盒、塑料瓶、破爛衣服，好像垃圾堆。新鄰居已隱在轉角後，離開我的視線，但聲音依然持續地射過來。

「屋子裏有強盜，我要貼我男人的照片在門上保護我，不然，他們會搶我的東西……這個，這個，還有這個，都是寶貝，你們知道嗎？」

咚咚咚——咚咚咚——

熟悉的金屬敲擊聲再次響起。

「我不敲敲打打，我就不能趕走他們。」

咚咚咚——咚咚咚——

「我全身都被燒過。你們看，你們都來看。」

警察們立馬湧進黑暗裏，完全遮住我的視線，但我的想象卻無法停下，似乎看到女人肥胖的身體，皮膚爛得好似被水浸泡的牛皮紙。

這時候，媽媽一把將我從門邊扯開，命令我回房寫作業——但她卻繼續趴在門邊享受好戲。

「有警察來過了。」我聽到媽媽在客廳繼續打電話，聲音滿是竊喜，「我剛剛問了，是樓下王阿姨報的警，她兒子是記者……看這次還不弄死她！死瘋子……沒有，還沒把她捉走……但起碼給了她警告吧，我猜她今晚不敢亂來了。」

果然，那個晚上，四周安靜得有點奇怪，媽媽的鼾聲再次響起，但是我卻沒能睡著。

也許是睡眠充足，媽媽翌日格外開心，早早起床給我做了早餐，還開了電視來看。

電視裏正在放新聞，主播小姐說，昨日有一頭野豬在鬧市出沒，警察將其圍攻並成功捕捉。畫面裏，那黑乎乎的傢伙東躲西躥，鼻頭撞在欄杆上流了血，但還是逃不脫源源不斷的盾牌和巨網，最後，牠的身子被網套住，人類舉著盾牌撲在牠身上，在層疊的肉身下，牠頓時顯得弱小，彷彿被追逐的壘球，最後，被扔入鐵籠。就在這一刻，野豬爆發哀嚎。我總以為牠的聲音會像獅吼那樣粗氣，想不到竟像匕首劃裂瓷盤，又好像嬰兒啼叫，尖細，悽厲。

「這不會是我們碰見的那頭野豬吧？」我問媽媽。

她沒理我，關了電視。

等我們再出門的時候，媽媽走在我前面——忽然，她倒吸一口氣，迅速向後退，差點踩到我。我順著她看的方向，透過門縫望出去——新鄰居門上多了一幅類似年畫的東西，鮮紅翠綠，烘托中間那團灰黑的獸，生著朝天鼻，豎著長獠牙，張開血盆大口，彷彿一只咆哮的野豬，正對著我們無聲怒吼。

完了，我想，這女人果然就是那野豬變的，牠來找我們報仇了。

忽然，對面的門開了。一把菜刀被扔了出來，啪嘰一下摔在我家門前。我在刀面的反光中看到了新鄰居油黃額頭，眉頭緊皺，雙眼怒瞪，黑色口罩上多了幾點猩紅污漬。

媽媽趕緊關上大門，反鎖，但剛烈的咒罵還是從門外殺進來。

「報警啊，抓我啊！你們一個兩個，糟蹋我，殘害我……我要放火燒死你，燒死你！」

咚咚咚——咚咚咚——咚咚咚——

她拿鐵器砸我家門。

「躲啊，我看你躲到幾時，躲過初一都躲不過十五，我要你全家都過不到十五……」

咚咚咚——咚咚咚——咚咚咚——

「我要你們血債血償！」

媽媽捂著耳朵，縮在牆角，緊緊抱住我，我感到她的身子在發抖。

那天，新鄰居一直罵，到了中午才沒了聲響，也許她罵餓了，要出去覓食。但我卻因為她的發作而曠課了一個上午。我一到學校就被老師罰站。我解釋說，上午被鄰居恐嚇，所以不敢出門。你不如說被綁架啊？老師反問我，引得課堂一片哄笑。最糟糕的是，我原本答應早上借同桌抄英文作業，但因為我的缺席，她覺得被騙，又在女廁攔截我，派她的不良姐妹掐我胳膊。眾人散去後，我躲在格子間，望著胳膊上的淤青，想起早已模糊的往事：幾年前就讀的國際學校，不同膚色的朋友，天使一樣的溫柔老師，而不像現在……想著這些，我哭了。矇矓的視線裏，我彷彿看到新鄰居，她拿著一把刀站在我面前，看我的笑話。那時我就想，如果她真要攬住一起死，我不會怕，說不定，我會先殺了她。

然而媽媽並沒我那樣的勇氣，為了避免與新鄰居碰面，她買了一個監控攝像頭，擺在大門前，無線連接到手機，便能看到對方在走廊的一舉一動。新鄰居當然不會因此改變，照舊一到深夜就咒罵，媽媽與我卻成了囚徒，親眼見到新鄰居離家後，才敢出門。

到了週日，媽媽也不再送我去看外公，我們甚至不再外出，囤了很多食物在家避難。有人給媽媽打電話，她看了一下手機就掛斷——我猜那是外公打來的。電話又響了幾次，媽媽才終於跑去廁所接聽。

我隔著門，聽到媽媽說：「我們最近遇到了危險，不方便出門，所以這陣子不能再送她去看你。」——我肯定這是外公在找我。

我央求媽媽讓我跟外公說幾句，但媽媽不理我，聲音越來越急：

「我故意不讓她見你？呵，在你心中，我就是這種人？隨你怎麼說吧⋯⋯你現在記掛她有什麼用？當初要不是你，她爸會走嗎？你不賣那房子，她有必要住這破地方嗎？對，對⋯⋯你就罵吧，罵死我好了⋯⋯如果你不怕被那瘋女人殺死，你就來看吧，到時可不要怪我沒有提醒你！」

媽媽不再說話了，電話被掛斷。我猜不到外公到底對媽媽說了什麼，但我彷彿能看到他失望的樣子，緩慢地嘆出一口氣，然後孤獨地坐在長椅上，望著天色漸沉。

接下來的日子，與之前的日子沒什麼兩樣，我和媽媽已基本掌握新鄰居的作息，能順利避開她，不與她發生正面衝突。然而她夜晚的噪音從未停歇，並在以往重複的咒罵裏，反覆強調那句，「我要讓你們全家都過不了十五」，彷彿故意說給我們聽。

媽媽不知該怎麼辦，她開始向其他鄰居求救，其中一個關係較好的阿嬸，被邀請到家裏來做客。

「她說的是陰曆十五還是陽曆呢？」阿嬸問媽媽。

「我也不知道啊……如果是陰曆的話，那就是月底，但如果是陽曆……」

「怎麼？」

「陽曆的話，就是下週日，正好趕上我女兒生日。」

阿嬸彷彿聽了驚天秘密，一臉恐慌地盯著我。

「這也太巧了……不能換房子嗎？」

「哎，不知道要排多久才能換到新的公屋，而且女兒就在這附近上學，搬家很麻煩……」

「那申請讓那瘋女人搬走呢？」

「沒用啊，房屋署的人說，不能強行趕她走，因為她沒有做什麼實際傷害我的事……」

「真是仆街。難道非得出了人命才肯幫忙嗎……」

她們就這樣絮叨了一下午。最後，媽媽想出解決辦法，就是在那個週末，租一個便宜的旅店，讓我們避開災難的發生。

旅店在鬧市區，一個裝滿足底按摩店和歌舞廳的大廈裏。標間比家大，我和媽媽一人睡一張床。我很久沒睡過這樣軟的床，彷彿回到小時候。媽媽竟也開心地在床墊上伸懶腰，隨後帶我去步行街吃飯，又帶我逛娃娃屋，雖然什麼都沒買，但我很滿足，甚至有點感謝新鄰居，如果沒有她，媽媽又怎會帶我來這裏。

而就在那個晚上，大約十點鐘的時候，媽媽再次接到外公來電。我們都低估了外公的執拗，他竟真的一個人趕來我家看我。我彷彿在空中看到他一個人撐著拐杖，一腳深一腳淺地，走在人流中，哪怕被匆忙的肩膀撞到，也絕不歪扭身子。

「哎呀，你快回家吧，那裏危險呀！」媽媽對著電話說，音量越來越高，「……我們現在不在家……我沒有騙你呀！我們一直都不敢出門直到今天……你知道為什麼嗎？因為那瘋女人說了要在這兩天殺了我們，我們必須得躲著她，而不是躲著你呀！你要我怎麼解釋你才信呢？不，我現在不可能把她送回家，太危險了……呵，你說得輕巧，你都沒有見過那瘋子，你想象不到！總之你快回家吧，那裏真的不安全……」

又是這樣，雞同鴨講似的，媽媽掛斷了外公的電話。

「你看，你外公就是這樣，永遠都不信我。」她轉過頭來對我抱怨，「我們容易嗎？為了躲那個女人，花了多少心思，你外公什麼都不知道，就知道怪我！」說著說著，媽媽哭了起來。為了不讓她再難過，我提議去吃個宵夜。媽媽在大排檔上喝了酒，跟一個胳膊上都是紋身的男人聊得很開心。後來我扶她回到旅店，在她的鼾聲中，我也逐漸睡著。

總體來說，那是個不錯的生日前夕，吃飽喝足，琳瑯滿目，只是我怎麼也想不到，驚醒我的第一個消息，便是媽媽告訴我，外公跳樓，死了。

外公死了以後，很長一段時間，我都彷彿在做夢——但我又的確是活著的，出席了外公的葬禮，陪著媽媽穿黑色衣服，跟許多幾乎沒見過的親戚交代近況，接受哀悼。這中間的過程，我都沒有哭。我似乎無法完全理解外公去世的意義，直到媽媽將他的遺照擺在客廳，讓我對著那個熟悉的、黑白的、嘴角總是帶著一抹淺笑的面容磕個頭時，我才頓時明白，外公死了。這意味著，他不會再帶我游泳，教我寫毛筆字，陪我捕蝴蝶，看著太陽像一枚巨大的橙子沉入海裏。儘管那些快樂的日子，早就隨著我那漂亮的大房子、富裕無憂的生活死去，我卻在看到外公遺照的那一刻，感到心頭一陣絞痛，連同過往的一切不捨，大哭起來。不知是不是哭得太用力，我的腦袋又昏又沉，整個人似乎進入一個漫長的通道，回到與外公度過的最後那個週末。我再次看到他好似雲絮的花白眉毛，聽他笑嘻嘻地說起他和女院友通宵玩撲克的奇怪遭遇，我仔細盯著他的眼睛，卻看不出半點憂愁。事後很多年，我都時不時回想起那一天，在我經歷了成長的煎熬、情感的背離等種種無常後，我逐漸確定，外公每一次面對我，都將巨大的孤獨隱藏在玩笑裏。他和那個罵人的院友，恐怖的新鄰居，甚至我媽媽，都是同一類人。他們搞怪、恐怖、過分焦慮的言行，也許只是想要引起關注的無理取鬧。他們的痛苦如此相似，卻又互相排斥。不過，在我十歲的那一刻，我無法想得那麼深，只是沉浸在心痛裏，放肆大哭。

媽媽摟緊我，勸慰我，不久又跟我一起哭，邊哭邊罵，罵自己不孝，又罵外公太倔。沉重呼吸像此起彼伏的海浪，差一點就快將我沒頂而過時，她忽然停止，好似提線木偶一樣彈起身，舉起遺照，「喀噠」一聲，迅疾從黑木框架裏摳出相片，又從電視機櫃裏拎出膠水，旋風般衝到門外，啪啪幾下，將相片牢牢貼在我家門上。

此後，外公那張似笑非笑的黑白臉龐，便與對面門上的瘦削老頭、咆哮的野獸開啟了漫長又無聲的對峙。

而媽媽站在走道裏，對著新鄰居的門，機械地張張嘴，竟說出那句令人深陷恐慌的詛咒：

「我要你血債血償——」

那晚以後，媽媽變了一個人。當屋外再傳來咚咚咚的敲打聲時，媽媽也跟著一起敲。對面的罵聲響起來，媽媽也跟著罵。偶爾會有鄰居來敲我家門，勸我媽媽不要衝動，可媽媽卻像遭到侵擾的獸，拎起菜刀衝出去，追著鄰居咆哮：

「當初我受苦時你在哪裏？現在跑來說這些屁話？」

直到鄰居嚇得縮入家中，媽媽還舉著菜刀敲擊其鐵門，不依不饒，直到我大哭著抱住她，她才恢復清醒，看著我，再看手中的刀，一臉恍惚。

這樣的日子持續了一星期，終於有警察來敲我家門。媽媽把我塞進廁所，叫我死都不要出去。我嚇得發抖，隔著門縫偷聽客廳動靜。

嘈雜的人聲從屋外散射進來，七嘴八舌，高高低低，控訴媽媽持兇傷人。

「你們不要怪我！」媽媽爆發出海嘯般的怒吼，「要怪就怪對面那女人。她害死我爸爸，她還想殺我女兒，你們要抓就抓她！」

砰砰砰——

我聽到鐵門被撞擊而發出的聲響，伴隨而來的是媽媽的尖叫。

「你們放開我，放開我！」

「你冷靜一點，冷靜一點……我們需要你配合調查……」

我不知道自己在廁所躲了多久，彷彿知覺從那時起便凝固，待我再回過神來時，噪音消失了，媽媽也不在家了。

失去媽媽以後，我不斷回放這段日子的遭遇。我想，如果沒有那個新鄰居，媽媽就不會心情失調、斷絕與外界的聯繫，更不會在我生日那天搬出去，錯過外公的探訪，令他在絕望中自殺。歸根結底都是新鄰居的錯。所以我決定，我要殺死她，刻不容緩。

我想了很多種殺她的辦法。下毒，開煤氣，拿刀子捅——通通不可行。一來我身子矮小，不是她的對手，二來我很久沒見她從家出來。自媽媽消失的那天起，新鄰居好像也消失在古怪的大門後。但她之前的叫罵仍在我腦海裏無限迴響，並給予我復仇靈感：

「我全身都被火燒過」，我記得她這樣說過。

那麼，不如就燒了她吧。

第二天一早，我沒有上學，揹著書包，到樓下街市買了一個打火機，和一瓶藥用酒精。

我先將家裏的東西收拾好，把我的衣物放在一個行李箱，再把媽媽的放在另一個裏面。然後，我乘坐電梯，將兩個箱子逐個放到一樓大堂，讓保安保管。

保安是個時常打瞌睡的中年胖子，他半睡半醒地問我，媽媽還沒回來嗎？我沒理他。當初，媽媽請他幫忙去管一管新鄰居的時候，他說他只是打份工，沒有義務管那麼多。偽善的東西。我想著，也許等我殺了新鄰居，也可以殺了他。

當我再次回到家裏時，我從大門撕下外公遺照，捲好，放到書包。然後我回過身子，四處張望，確認沒有其他鄰居出沒時，我拿出酒精，開啟瓶蓋。當我看到透明液體流淌在門邊時，我蹲下來，輕輕按了一下打火機——

「你在搞什麼？！」

身後傳來男人的聲音——是那個保安，該死的，他居然跟蹤我！我把打火機一扔，飛跑起來。

「你站住——」

我聽到他邁著蠢重的步伐來追我，但我一下子就鑽進樓梯間，咚咚咚地與他賽跑。

我跑了很久，跑得很快，但追逐的聲音卻一直跟著我，像長了眼的子彈——撲通一下，我跌倒在地，顧不上疼，捂起耳朵，踡縮成一團，害怕一雙大手將自己拎走。

「去打死牠……」

有人在不遠處喊叫。完了，我想，我做的壞事這麼快就被發現了嗎？我蜷縮身子，抱住腦袋，卻見到那些時常在社區碰見的阿叔、大嬸成群結隊，拿著拖把，木棍，油桶，正氣勢洶洶向我走來。我嚇得直往眼前的灌木叢裏鑽，但罵聲逐步逼近，我覺得自己完蛋了，彷彿下一秒就要被抓走暴打，然而，奇怪的是，那一雙雙憤怒的腳卻經過了我，向著街市而去。

我悄悄探出頭張望，只見街上路人都隨著鄰居向同一個地方走，那地方圍滿了人，裏三層外三層——打啊——有人在叫好，彷彿大家都在對同一個物體施暴。我很想過去看，但我不敢，只聽到一聲又一聲的嚎叫從人群中射出來。

啊——啊——啊——

聲音如此熟悉，好像匕首劃過瓷器，又彷彿嬰兒奮力啼哭。那一刻，我望著攢動的人群背影，不知為何，彷彿看到一頭野豬，在人群中央的木棍下打滾。

燒死牠啊，有人大喊，燒死牠。

「嘞」一聲，一團火焰在我眼前升空。我彷彿看到野豬在火裏打滾，牠一時變成媽媽，一時又變成外公。我看著他們，忍不住大哭，眼淚一直淌一直淌，好像汽油，讓火越燒越旺。

（2019 年 12 月 1 日發表於 One App）

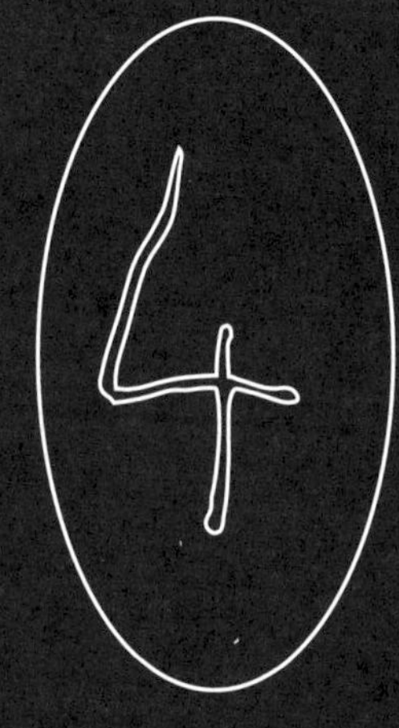

飛往無重島

一

想不到香港也有這樣的地方。

「花在唱歌，草在舞蹈，大樹倒立著行走，動物在空中飄著，吮吸陽光與雨露……我一進去，也即刻失去重量，整個人很輕很輕，像羽毛一樣飄起來……而後一週，我不吃不喝，只需日曬兼偶爾雨淋，便精力十足……」

以上是朋友 A 剛剛發佈的動態。

呵，開什麼玩笑？米婭嗤之以鼻地點了個讚。

沒過多久，又有人在社交媒體發佈類似感嘆：

「誤打誤撞去了無重島，不用吃飯，不用落地！不用賺錢，不用供樓！真正無負重的生活呀！」

「不想再回來了……這無需負重的小島，讓我快樂得像童話主角！」

「請保護無重島！這是香港最後一片淨土！」

作為資深文案的米婭，深知新媒體營銷的套路，如果以上是 KOL 發佈的消息，她斷然不信，但偏偏發佈者都是些平凡得不能再平凡的老同學、舊同事，他們如米婭一般，早已過了而立之年，卻仍在幾萬蚊一呎的房市下，小心翼翼地與父母或另一半 AA 制活著——沒有哪個公司會花錢找這樣一事無成的人來做軟廣宣傳。

於是，她約了其中一人見面。那人叫阿南，是她的中學同學。

「還好嗎？」

「還好。你呢？」

「也還好。」

此時，兩人身處地鐵站出閘口，米婭站在閘外，阿南在閘裏，兩人隔了一道欄杆，那上面還攀著許多雙不同的手，兩邊的人就這麼攀著欄杆聊業務、交接快遞、談情說愛等，為的是彼此都不必因出閘或入閘而付交通費。

「你說的那個……無重島，是真的？」

「不假。」

阿南從口袋裏摸出一張相片，遞給米婭瞧。

相片中，天地彷彿消失，只有一片海，藍得發亮，海上漂浮著花草、大樹；城堡一般的小屋懸立，柴犬、家貓、兔、倉鼠……圍著城堡翻滾。

「這就是我。」阿南指了指飄在一隻柴犬旁，並擺出倒立姿態的人。

「誰幫你影的？」

「無重島居民。那地方不能用普通手機影相，必須要用無重島裏的相機，類似於『即影即有』那種。」

見米婭望著相片愣神，阿南繼而補充：

「那地方美得不真實。飄在空中，我感覺不到任何重量，眼前的景色也不再有上下之分，我的身體可以按心中所想，任意轉換方向，一時貼在海面上，一時附在大樹旁，過去經歷的一切我都想不起來，大腦是空的，但心卻很滿，那感覺，怎麼說呢，簡直像吸了毒一樣快樂——當然，我只是打個比方，我並沒有吸過毒，總之就是——它已讓我快樂，它也讓我癡癡醉……」阿南自以為風趣地哼起粵語老歌。

「那你何必回來？」米婭打斷阿南，半信半疑。

阿南歌聲止了，嘆口氣：

「有個仔嘛。我走了，誰照顧他？」

「也對……」

兩人沉默。

米婭望著阿南那消瘦的下頷，剛好在她額頭上幾公分，想起十幾年前，就是隔著這樣的距離，與他擠過巴士，行過年宵，躲在圖書館的角落看書——雖然無重島的一切都聽來荒誕，但米婭相信，中學時的愛人不會騙自己。

「那……怎麼去？」米婭終於問出口。

阿南收起相片，環顧四周，微微低頭，山羊鬍觸到了米婭前額，低聲說：

「飛過去。」

「什麼？」

「對，在中環碼頭，第五與第六號碼頭間，你會望見一個生得很矮，戴紅色鼻套的阿婆，她會帶你飛過去——我這張相，就是她幫我影的。」

二

夜晚七點半，米婭草草完成工作，推掉同事飯局，順著放工的人潮，湧入地鐵，擠在疲乏的身軀中，望著頭頂上方的指示地圖，從最東邊的柴灣漸次亮燈到最西邊的中環，才出了車廂，搭電梯，自A出口攀出地面。

中環的夜晚，天地間滿是燈，明晃晃，叫行人的風塵僕僕無處藏。

米婭逆著湧向地鐵的人流，搭乘右手邊電梯，上了通往中環碼頭的天橋，目不斜視，直行，拐彎，再直行，直到遠遠望到亮起深紫色燈光的摩天輪，才下了天橋。

天橋底下，十個碼頭，一字排開，分別去往香港不同的離島；五號碼頭的船開往長洲，六號碼頭則去往坪洲，兩者隸屬同一公司，有著雷同的門匾：橙黃色底，白色字，寫著目的地名稱，門匾下暗藏付費通道與兩三小店，人們或坐或立，在海風下，等待八點出發的船。

而碼頭與碼頭之間，除了平凡無奇的柱子外，並無其他。

說不上失望，米婭只覺得自己可笑。這世上怎麼會有那樣的好地方呢？「不用吃飯，不用落地！不用賺錢，不用供樓！」她想起某舊同事在網上發出的感嘆，又想起阿南那瘦得駝了背的身子——或許大家都在用謊言自我安慰吧？

於是，她又原路返回，上了地鐵，擠在車廂裏，拿出手機，繼續完成存在郵箱草稿裏的文案，從最西南的中環，陸續換了四條地鐵線，才到了最東北的馬鞍山，下車，轉小巴，回家。

米婭穿行在樓與樓間，不斷遇到與阿媽熟識的街坊，他們不知怎地，欲言又止似的；直到米婭走近自家那棟，看更大叔拉開玻璃大門衝她說：

「快回家，你細佬又飲醉！」

一出電梯，米婭就見到躺在樓道裏的細佬，好似砧板上的惡魚，奮力掙扎，嘴裏冒著酒氣泡泡，逐一爆裂成毫無邏輯的咒罵。阿媽拄著拐杖，靠在牆邊，身子一半僵硬，一半盡力彎腰，欲扶細佬，米婭見狀，箭步衝過去，要攙阿媽進屋；阿媽不肯，擰著身子，拿拐杖指著細佬：

「你——救他，救他先——」

細佬足足 180 磅，米婭死活拖不動，只好叫看更大叔幫手，忙碌一個鐘，才算把細佬安置在臥室的高低床下鋪。

「你怎麼就不知幫下你阿哥？！」

米婭對著躺在上鋪玩手機的細妹發脾氣。

細妹一聲不出，翻個身，一頭粉色短髮，與米婭對峙。

深夜，細佬鼾聲如雷，阿媽時而從臥室門縫傳出病痛的呻吟，窗外灑進風，米婭躺在沙發床上，睡不著。她拿起枕邊的手機，找到阿南的臉書，發了信息：

「今天我去了中環碼頭，沒見到那戴紅色鼻套的阿婆。」

臉書顯示阿南最後上線時間是一個鐘之前。估計他睡了吧。米婭放低手機，望著天花板，想象那無重的小島。會是怎樣呢？她想起兒時，每次放學回家卸下沉重的書包時，都感到一陣輕盈，「像是忽然飛起來一樣」，她跟阿媽講。「別傻，人不會飛」，阿媽告訴她。後來她才知道，那種飛起來的感覺，不過是人體負重太久，忽然卸下擔子時產生的錯覺。所以，那無重島，會不會是人們去離島郊遊，忽而忘卻壓力才產生的錯覺呢？

算了吧，別癡心妄想，這世上不會有那樣好的地方。再說，蝸牛若是沒了殼，怕也活不了吧？人還是要有點壓力吧。想開點，誰不是在還貸、供樓、養家呢？都一樣，一樣……

米婭彷彿睡著了，忽聽「叮——」一聲，手機響。她睜眼一瞧，阿南回了信息：

「不怕，我已給阿婆打了電話，她明天早上九點，會在那等你。」

三

翌日，米婭早早起床，將昨晚寫好的文案發給客戶，同時向主管請了病假，又從冰箱取出未吃完的涼瓜、茄子、薯仔、雞蛋、青椒，通通洗淨，切塊，配以牛肉塊或雞蛋，一股腦炒了幾鍋，分成起碼三日的量，裝在碗裏，封好保鮮膜，放回冰箱；隨後，開始收拾行李。

那些上班常穿的素色衫褲、高跟鞋，米婭通通沒理會，取出為數不多的衛衣、運動褲、瑜伽服、波鞋，塞到背包裏。她總說要運動，總也沒時間，這回，可以在無重島上放鬆一番。掃視客廳，電腦、手機、iPad、耳機……全不要了，反而從儲納箱裏翻出許久未用過的畫簿和一盒彩鉛。嗯，要把無重島的一切都畫下來，米婭想著。

早上八點的香港，陽光清澈，行人匆匆，米婭心情出奇地好，索性連地鐵也不想擠，打了輛的士便上路。

一下車，米婭遠遠便見到一點紅色在第五、第六碼頭間閃爍——那阿婆，看起來像個小學生，短頭髮，短手短腳，戴著小丑才戴的那種紅色鼻套，四周張望著。

「你好——」米婭走到阿婆面前，揮揮手。

「米婭？」阿婆聲音清脆，也像個孩子。

「對。我朋友阿南讓我來找你。」

阿婆點點頭，廢話不多說，從口袋裏摸出一個透明的東西。

「來，戴上這個。」

米婭接過一瞧，那好像是個透明的潛水眼鏡，但又比潛水眼鏡大一些，像是超薄的透明盒子；眼鏡架還連著一對耳機。

「這是？」

「等一下你要飛，戴上它，雙眼不會受傷；耳機保護你耳朵之餘，也可讓你我在空中自由對話。」

原來如此。聽到「飛」這個字，米婭感到莫名興奮，乖乖戴上透明的眼鏡，塞著耳機，眼前卻忽然一黑，什麼也看不到了——

「別怕，我牽著你，很快你就能看到東西，稍微忍耐一下。」阿婆的聲音從耳機傳出，她握住了米婭的手，「來，向前走，對，邁步，邁步，再邁步，好，前面有一個小台階，稍稍抬腳就能跨過去，對，沒錯，好，接著走——」

黑暗中，米婭一手緊緊握住阿婆，一手捏緊背包肩帶，生怕等下起飛時，準備好的衣物會跌落大海。

「我們進入飛行通道了。」

大概行了五分鐘，米婭聽到阿婆這樣說，來不及回應，就感到強烈的失重感，整個人彷彿坐上了遊樂園的太空飛船，「噌」一下飆上天，在這快速的飛行中，米婭感到疾風拂面，微光從遠處灑來，且逐漸強烈，眼看著自己就快睜不開雙眼時，猝不及防，她急速降落，又360度在管道中翻滾幾圈，疏忽間，眼前豁然開朗——一切比想象中的更美：

一片澄藍大海，在陽光下泛著鑽石般光芒；周身圍繞各式花草，每一朵花都張著嘴在低聲呢喃，米婭一邊漂浮，一邊觸碰那些花，摸起來溫熱、柔軟；緊接著，她看到不同的小動物，彷彿仰泳，緩緩翻滾，她看著看著，也忍不住擺出舒展的泳姿，暢快前行；那一刻，她覺得自己是一顆快樂的氣球，漂浮在水面上。

城堡在更遠一點的半空，牆壁五顏六色，落地窗透亮，映出城堡裏的人家，有的飄在空中睡覺，有的懸掛著看書，還有的彈奏樂器、跳舞、玩遊戲，個個穿著寬鬆的長袍，像是無欲無求的天使一般，面帶安詳神情。

不知怎地，米婭腦中浮現起自己的蝸居，300 呎的地界，被傢俬、雜物、人擠得滿當，阿媽總是一臉愁苦，細佬和細妹更是頹喪，如果……如果可以一家人都搬到這裏，住進這大城堡裏，過上無憂無慮的生活，那該多好！

想到這，米婭又有點擔心，萬一越來越多人知道無重島的秘密，全都搬過來，房價又被炒高，怎麼辦？

不行，得趕緊行動！

可是，要怎麼說服他們呢？

米婭想著，啊，對了，照相，證明無重島的真實——

「阿婆？」

米婭望不到阿婆，唯有對著空氣喊。

「你要做什麼？」

阿婆的聲音再次在耳機裏響起。

「我想影相！」

「好！」

見不到身影的阿婆，忽然緊握住米婭的雙手，將它們擺出剪刀手的形狀，緊接著又說：「開心一點，好，笑——」

「咔嚓」一聲，伴隨一瞬閃光，米婭再次陷入黑暗——漂浮的感覺頃刻消失，唯有乾硬的大地在自己腳下。

緊接著，她感到有人從她腦袋上摘下那透明眼鏡與耳機：燈光大亮，刺得米婭微瞇雙眼，零星掌聲響起，人聲在她耳邊嘰嘰喳喳，逐漸，光線恢復正常，只見眼前是一個小小的辦公室，站著三五個著制服的年輕男女，正對著自己微笑；四周圍是玻璃製成的牆壁，牆外陸續有人經過，有的望一望裏面，有的則大步向前，前方便是碼頭入口，上面寫著「去往長洲」；而辦公室門上掛著一個牌匾：「新碼頭科技工作坊」。

「恭喜你呀，米婭小姐，成為我們虛擬無重島的第 99 位體驗者！這裏是你的優惠券——」

兩張電影票大小的卡片，被硬塞到米婭手中。

「嗱，體驗一次只需 9999 港幣，若需要攝影服務的話則加收 1000 港幣，但由於米婭小姐是由阿南先生友情推薦來的，那麼可以給米婭小姐打一個 8 折，你等等，我算給你看——」

一個陌生的女子從辦公桌上拿出計算器，劈里啪啦敲了敲後，又拿到米婭眼下。

米婭望了望那數字，又望了望那女子，不願相信：

「所以，我剛才看到的那些，都是假的？」

「也不能這麼說啦！米婭小姐剛剛佩戴的眼鏡，是我們公司從國外引進的新科技產品，它在虛擬實境的基礎上，融合最真實的失重體感服務，再加以 360 度攝影，為亞洲壓力指數第一的香港人，提供最舒服的心境旅程……

但由於目前還在神秘推廣期，所以歡迎每個使用者任意邀請親朋好友來參與推廣……月底正式推出……

希望香港家家戶戶，都購買一副虛擬無重島飛行眼鏡，在繁忙之餘……

已有九成試用者都在社交媒體上發佈使用感受，好評度百分百！對了，米婭小姐，請問你有臉書吧？」

米婭不置可否。

「請米婭小姐在臉書上發佈一段好評吧？如果這樣，剛剛的費用就可以——」陌生女人繼續在計算器上敲打，「再優惠這麼多！這個價錢而已——」

米婭看也不想看，又問：

「阿南在你們公司工作？」

「哦，不不，他不過是積極參與了我們的朋輩計劃。」

「朋輩計劃？」

「嗱，米婭小姐，如果你成功邀請一朋友在不知情的情況下，參與我們的神秘推廣期試用，你將可以獲得百分之十的提成喔！邀請人數無上限！你看，不如這樣，我建議……」

陌生女人還在說著什麼，米婭彷彿也聽不到了。

她看到玻璃門外不斷有人望進來，像是在觀賞動物園裏的把戲。想到這，米婭感到一陣羞赧，條件反射似的緊握住了背包肩帶，這一刻，她又想起了背包裏的運動服、畫簿和彩鉛，還有那一串不願再提的白日夢。

發表於《字花》2017 年 1 月號

燃燒的鬱金香

艾溪始終記得，那個午後，在染髮膏不斷刺鼻、風筒持續轟鳴的髮廊裏，一朵明亮的鬱金香從她手中的畫紙上躍了出來，並開始自燃，火星子化成蝴蝶，不斷向鼻尖撲來，她嚇得叫了一嗓子，聲線像受驚的羚羊，在峽谷中迅速一躍——蝴蝶不見了，火光也消失，紙上仍然是一幅靜悄悄的彩鉛畫：明黃色的鬱金香在燃燒，蝴蝶撲火而來。

「怎麼樣，喜歡我的魔畫嗎？」阿海問。他坐在旋轉圓椅上，側著腦袋為艾溪梳頭，燈光直射在他淺金色的平頭上，流過低垂的單眼皮、單薄發白的嘴唇，最後淌過他骨節凸出、夾著梳子的右手，在那裏，一串緋紅疤痕順著手背向上蜿蜒，像變異的蟒蛇。

在遇到艾溪之前，阿海已很久沒畫過魔畫。上次畫還是三年前，他為了向高中學姐示愛，畫了九十九隻千紙鶴，希望牠們撲扇著翅膀從信封裏飛出來。結果學姐看都沒看就把它撕得粉碎。

再早一些，小學一年級，阿海在算術本上畫狗。當他為史努比點上黑溜溜的眼睛，牠一下子活了似的，從枯燥的公式草稿裏躍出來，翻了幾個跟頭後又無聲無息地消失了。此後，阿海的右手就著了魔，不停地畫：大力水手吃菠菜、唐老鴨發脾氣、奧特曼打怪獸、湯姆貓追著杰瑞鼠跑來跑去。小夥伴們沒心思玩別的遊戲了，一下課就圍到阿海的座位前，搶著看他的魔畫，看那黑白線條勾勒的卡通人物化作幻影，飄到自己眼前。

「然後呢？」艾溪追問，好奇心像她的紋身一樣肆意生長，從脖下蔓延至手指末梢。

「被老師罵了，說我用妖術擾亂班級秩序，還給了我口頭警告。」

「那你可以偷偷畫啊？在家畫總可以吧？」

阿海搖頭，放下剪刀，一邊打量艾溪髮尾的長度，一邊說：「我爸不讓。只要發現魔畫的蹤跡，他就打我。你瞧，我手上的疤，就是他給燙的……」

阿海話還沒說完，他的右手就被艾溪抓了過去。他看到她低下頭，濕漉漉的髮尾掃過自己的手背，打濕了那條緋色的蛇。

「太可惜了。」艾溪抬起頭來，她的眼睛像烏黑的圓月，閃著溫柔的夜光，「你其實是個天才啊。」

就是這個瞬間，與艾溪相識三小時零十三分鐘後的瞬間，阿海彷彿突然墜入水中的圓月，暈暈昏昏，飄飄盪盪。在此之前，他從未聽人說過自己是天才，只知道自己「傻里傻氣」、「稀奇古怪」、「腦子少根弦」。他很難反駁旁人的恥笑，因為他讀書爛，工作差，無論去酒吧端盤子、快餐廳炸薯條，還是在超市整理貨架，都無法記住菜單、品牌標誌、顧客的臉、輪班時間表——直到去髮廊做學徒，才總算過了試用期。說來也怪，只要剪刀上了右手，阿海的思維就凝聚起來，腦子不斷閃過畫面：頭髮的層次，顧客的臉型，兩者搭配在一起的樣子。髮廊老闆看好阿海，但嫌他嘴笨、不懂拉攏客戶，還總是給出賠本的優惠。為了把阿海打造成髮型總監，老闆把他推薦到朋友開的「成功學院」裏。

在那貼滿學員獎狀的階梯教室裏，導師讓阿海閉上雙眼，仔細回想，自己有什麼比常人更優秀的地方。阿海腦海一片空白，直到那隻令他發現新大陸的史努比從記憶深處躍出來。

「魔畫。」阿海小聲說，「我會畫那種可以飛出幻影的魔畫。」

阿海的答案讓同學們哄笑。但導師卻沒有笑，他握著阿海的手說：「沒錯，你就是會畫魔畫。你不僅要讓自己相信，你還要讓別人相信。只有讓大眾認可你的優秀，你才是真的優秀。」

於是，導師給他的第一個作業就是：找一個陌生人，跟他成為朋友，同時將自己畫魔畫的事情告訴他——就是為了完成這個作業，阿海才認識了艾溪。

「那你是怎麼學會畫魔畫的呢？」臨走前，艾溪還在刨根問底。

「不知道。」阿海搖頭，「我根本就沒有學，這是我家族的遺傳。」

艾溪瞪大雙眼，像是發現了寶貝，一把扯過阿海，強行跟他自拍了一張，還非要與他交換手機號。

「大天才，你等著，我還會再找你的！」

說罷，艾溪踩著滑板，飄著全新的橘色鬈髮，揚長而去。

那天晚上，阿海久久睡不著，腦子裏總是閃現艾溪的笑臉，想起她對自己崇拜的眼神。一幕幕的回憶讓他躁動，他的右手又忍不住抓起畫筆，想要畫點什麼。然而，就在下筆的瞬間，手背上那條蛇又發作起來，在他的皮膚裏瘋狂打鑽，熟悉又遙遠的燒灼感捲土重來。他趕緊翻出黑色膠帶，將蟒蛇所經之處狠狠纏起，讓肌肉的緊繃感，取代記憶深處的疼痛。

在冷風機不斷轟鳴的夏夜，阿海畫了一朵雲，雲飄在石屎森林間，飄過髮廊的霓虹招牌、人行天橋、巴士站、花鳥魚蟲市場，再到自家窗前，一瞬間，雲變成雨，雨點落地又逐漸形成艾溪，她甩著濕漉漉的橘色頭髮向自己飄過來，輕聲說：你真是個天才……就在這一刻，艾溪從畫紙上消失了。望著空空如也的畫紙，阿海清醒過來，他抬頭一瞧，爸爸居然從牆上的遺像裏跳出來，揮舞著只剩拇指的右手，用殘缺的拳頭捶打他的太陽穴。

「你個傻蛋！那是受了詛咒的右手，你他媽怎麼能到處亂說？」爸爸在罵。

阿海不聽，他又低下頭，繼續作畫。

「你還畫？你想跟我一樣，被人當作怪物，被人斬斷鬼上身的手指嗎？」爸爸將那駭人的斷指伸到他的面前，「你瞧瞧我這右手，你瞧瞧！」

阿海還是不理。爸爸急了，四處亂竄，從廚房裏拎出水壺，將冒著熱氣的水潑出來……

阿海驚醒了。夜還未完，燈還亮著，他卻趴在桌上睡著了，抬頭一看，爸爸的臉仍嵌在黑白相紙裏，如此安詳，彷彿那個折磨家族多年的魔幻右手，早已與自己無關。

那晚以後，阿海的日子又回歸平靜。他時不時會給艾溪發一些信息，例如頭髮護理的優惠券，或是剛剛設計的髮型照片，但艾溪總是不回覆，彷彿她的出現也只是一幅巨大的魔畫，轉瞬即逝。直到有一天，阿海趁著午休，去後巷抽煙。正當他盯著牆上的新塗鴉出神時，忽然聽到有人叫他的名字：

「請問是周海先生嗎？」

阿海回頭一看，一個穿著淺粉色西裝、繫著草綠色領帶的男人出現在他面前。這人高高大大，皮膚白但粗糙，棕色短髮泛起小鬈，下頜圓中帶方，綠色眼眸下挺著鷹鈎鼻——典型的歐美人，卻說著字正腔圓的中文。

面對這個貌似地位不凡的男人，阿海不敢點頭也不敢搖頭——他有點擔心這是電訊公司派來的律師，他欠了半年的網費沒交，已經收到了好幾封追債律師信。

但那男人卻從公文包裏掏出一張名片來，遞過去：

「您好，我是杜甫，是獨角獸夢工場的區域經理。剛剛去你們髮廊找你，你老闆說，在後巷裏抽煙的金毛小子就是你——希望我沒有認錯人。」

阿海接過名片，反覆看了看，這才放鬆了：

「找我什麼事？」

杜甫一下子激動起來，手舞足蹈，眉飛色舞：

「我的天啊，您真的是阿海嗎？我們看過了您的魔畫作品——那個燃燒著的鬱金香，吸引蝴蝶撲火的鬱金香，哇，那些火花飄到我眼前的時候，真是嚇得我心都快跳出來！不得不說，您的才華實在讓我震驚。」

緊接著，杜甫又從公文包裏掏出一個彩頁宣傳冊，一邊翻一邊解釋：

「您看，我們是一個國際組織，專門資助那些尚未被發現的藝術天才，供他們創作。我們組委會看過您的作品，認為您的魔畫是藝術珍寶，一致決定向您發出資助邀請！」說著，杜甫又掏出一個燙金證書，遞給阿海。

阿海聽得雲裏霧裏的，證書上的一大串英文也令他眼花，但「$100,000」這串數字卻一下將他吸引。

「這是什麼意思啊？」阿海指著問。

「這就是您的資助基金呀！」杜甫激動得直拍手，「只要您願意到我們那裏進行創作，並將作品放在我們的工作坊展覽，讓藝術愛好者觀摩，您就能獲得這筆贊助啦⋯⋯」

杜甫還在說，他的嘴皮子像蝶翼撲扇，令阿海眼睛更花，但他的頭腦卻清醒起來。他聽明白了，這是一種類似於買彩票中大獎的事情，而這件事，砸到了他的頭上。

「是艾溪把我推薦過去的嗎？」阿海問。

「什麼？」杜甫聽不清楚，一陣轟鳴從遠處傳來，他捂住耳朵向上看，只見一架飛機從上空飛過。但阿海沒有抬頭，沉浸在自己的欣慰裏：

「她沒有騙我，」阿海憨憨地笑起來，「她真的覺得我是個天才。」

那個夜晚，一輛載著阿海的越野車以逃亡的姿態疾馳。它駛過住宅區，商業建築，夜市，工廠區，逐漸上了高速，穿梭於無窮無盡的灰色水泥道裏。在這漫長得好似轉世輪迴的路途中，阿海不斷地夢到自己又回到了幽暗的公寓裏，跪在爸爸的遺像前，將那些印著英文的保密合約、創作協議、資助邀請函一一捧起來，對著遺像說，爸，你搞錯了，咱們的右手不是著了魔，咱們的右手是寶貝，是天才。

忽然，阿海的腦袋撞到了車窗，他一下子醒過來，揉著太陽穴，看到窗外天色已亮，令人疲乏的高速公路消失了，取而代之的是一片茂密生長的樹林。這輛越野車穿行在濃烈的綠色裏，彷彿與世隔絕——直到路的盡頭，樹沒有了，前方的天地豁然開朗。迎面而來的是一個巨大的扇形湖泊，水上漂著一排天鵝形狀的小船。在一株株爛漫的九重葛後，五彩繽紛的小別墅圍湖而立，紅、橙、黃、綠、青、藍、紫，好像童話世界裏的積木小屋。而在這片小房子中央，佇立著鵝黃色的哥特式建築——車就在這建築前停下。司機按了幾下喇叭，一個穿著制服的阿伯便從建築裏迎出來。

阿伯衝著阿海小跑而來，手腳麻利地將他的行李從後備箱裏取出來。

「不用了，我自己來……」阿海說。

但阿伯卻聽不見似的，拎著箱子就往前走。

「喂——」阿海一邊追阿伯一邊喊，卻感到自己的胳膊被人拽住。

「別喊啦，那位阿伯是聾啞人。」

阿海回頭一看，原來是杜甫。只見他還穿著昨天那套西裝，一臉和善，身後還跟著個年輕女孩，正笑眯眯地給阿海拍照。

「我們這裏僱用的工人全都是聾啞人。」杜甫解釋。

「喔……」阿海恍然大悟，「那你們真的很善良呢。」

杜甫一如既往地熱情，不停地從公文包裏掏出零食給阿海。

「餓壞了吧？先吃點東西墊墊肚子。本來想請你先吃頓大餐的，但他們等不及了，都想見你！」

「誰？」

「住在這裏的天才藝術家呀！」

阿海還沒反應過來，杜甫已經把他拽到了一棟粉色別墅前，伸出手指，在大門按下指紋——門開了。一隻白汪汪的小狗從屋內跑過來，對著他們搖尾巴，阿海剛想俯身摸摸牠，卻嚇了一跳——這狗是紙做的。牠的身子是用紙板摺疊、拼接而成。緊接著，紙做的群鳥從阿海頭頂飛過，發出紙板摩擦的聲響。他順著牠們的飛行軌跡向上看，只見牆上掛滿白色窗花，像是冬日的冰花。紙屑如潮水般在地板上翻滾，遠處，一個穿著白袍的長髮女人，正在專心致志地剪紙。阿海看見她頭戴金光閃閃的箍子，每個手指上的指環也正泛起神秘的金光。

「這是……」阿海剛想說話，就被杜甫攔住了。他拉著阿海離開，輕輕關門，然後解釋：

「這是紙藝姑娘。她在創作時是要求絕對安靜的。」

「那些紙都會動？」

「對，就像你的魔畫那樣。」

阿海感到一種莫名的親切感。他一直以為自己是怪異的，原來不是，這個世界上還有很多跟他一樣的人。

跟著杜甫一間間拜訪，阿海看到了在瘋狂彈鋼琴的瞎子、對著空氣指揮的侏儒、將身體擰出各種形狀的小孩……

「怎麼每個人的腦袋上都有那個金環啊？」阿海好奇。

「那是思維追蹤儀，可以收集每個人創作時的心路歷程，以作備案……」

話還沒說完，一陣獅吼般的喊叫就從他們面前的別墅裏傳出。

「參觀這個屋子前，你先做好心理準備。這裏住著一個狂野的舞女。她一跳起舞來，就像被野生動物上身。」

果然，門一打開，一個女人從遠處打著側手翻就過來了。她的皮膚棕黑，一頭亂髮像獅子毛似的蓬鬆，四肢的肌肉線條十分完美、流暢，她大腿下蹲，臀部不斷震顫肌肉，雙臂快速甩動，嘴巴大張，像是一頭覓食的獅。

阿海留意到，這個女人的裝備稍有不同。除了頭上的金環外，整個身體的輪廓之外還綁著一層可隨意變形的金屬支架，從遠處看去，她彷彿在條條框框裏跳舞的人。

「她為什麼要穿這樣的東西在身上啊？」阿海問。

「這是我們專門為這種舞者研發的跟蹤器。你知道，舞蹈者的四肢的律動，其實就是一種思維的體操。她的一舉一動，都應該被記錄下來。」

「原來如此……」阿海似懂非懂。

他們從舞女的屋子退出來，眼前就只剩下最後一棟海藍色的別墅沒有參觀了。

當杜甫神秘兮兮地解鎖大門，並讓阿海自己去推門而入時，一隻蝴蝶的幻影伴隨火星，撲面而來，阿海眨了眨眼，視線恢復正常——他看到了自己的那幅畫，它懸掛在大門後，輕盈又熱烈。

「這就是屬於您的創作空間了。」

阿海走在這三層樓的別墅裏，走過塗鴉著藍天白雲的牆壁、草綠色天鵝絨躺椅、一株株懸掛在空中的綠植，他停在胡桃木書架前，撫摸大小各異的畫筆、五彩繽紛的顏料、不同材質的畫紙——這些都是他在童年時敢夢不敢求的寶貝。就在他陶醉其中的時候，兩個壯漢正在杜甫的指揮下悄悄走近。他們迅速為阿海的頭上和右手腕上都扣上閃閃發光的金環。

「從此，您的創作，將會被載入藝術史。」杜甫拍著手掌慶祝。

「嘣——」一聲，壯漢拉響彩炮，金光閃閃的小花片降落在阿海頭上，他伸手去抓，只見他右手上的蟒蛇也變得絢爛耀眼，那一刻，他感覺自己變得很輕很亮，像一顆星星那樣，飄上了天。

一開始，阿海非常享受在獨角獸夢工廠的生活，儘管這裏規矩多多：手機被沒收、沒有電腦、沒有網絡，不能擅自出門，不能打擾其他藝術家創作，否則會被扣減資助——但除此以外，這裏都像度假天堂。他喜歡到泳池一樣的浴缸裏泡澡，在室內的吊床上躺著，看星空燈的光芒在天花板旋轉。當然，他最喜歡在封閉式的陽台上，透過透亮的落地窗，遠眺山景、園林、湖泊，世界萬物像一幅瞬息萬變的魔畫，盡收眼底。他還有個隨身攜帶的萬能對講機，只要他無聊了，或是想要吃什麼美食、看什麼小說、聽什麼 CD，對著那機器說一聲，服務中心的人就會想辦法滿足他。

在這個空間裏創作時，阿海感覺自己好像回到了小學課堂，完全不理身外的事物，不用集中注意力去記住繁瑣無趣的工作信息，無須與聊不來的同事社交，沒有房租，沒有網費，沒有爸爸的遺像，想到什麼就畫什麼。起初，他的靈感不斷爆發，用顏料隨意調色，一會用大刷子，一會用小毛筆，怎麼開心就怎麼畫。那一幅幅大小不一的畫鋪在地上，不斷躍出奇妙的幻影：星星劃過水面，炸起一團煙花；長頸鹿的脖子不斷向上生長，微微張嘴，把月亮吞進嘴裏；大海喝醉了酒，翻湧起各種顏色的浪花，把海濱度假村推到外太空旅行……

偶爾，杜甫也會帶不同的人到阿海的屋子裏參觀。有人咋咋呼呼，不停地質疑那些畫是一種障眼法，也有人沉默不語，認真撫摸那些魔畫，彷彿在探究其後的秘密。還有的根本沒什麼興趣，敷衍地瞄了幾眼就走了。但無論是怎樣的觀眾，阿海都無比歡迎，這讓他感覺回到了童年，每畫一幅畫都會被同學們搶著圍觀的時光。

這一天，有一對打扮浮誇的男女走進了阿海的別墅。

「這些畫很有馬蒂斯的感覺嘛，奔放，浪漫，又帶著點憂傷。」男人蹲在地上，翻閱著阿海的魔畫。他是個高高大大的胖子，皮膚黝黑，光著腦袋，戴著墨鏡，穿螢光綠色的長風衣，好像一隻肥大的昆蟲。

「不不不。」他身旁的女人反駁，她身材豐滿，戴著面紗帽，穿著赫本小黑裙，倚靠著沙發，盯著牆上的畫說，「阿海的畫如夢如幻，角色上天入海，讓我感到愛，感到激情，感到了……夏加爾的氣質！」

阿海站在一旁，不知道這對男女在爭論些什麼，杜甫看出他的窘迫，安慰道：

「這些專業知識，你以後還可以慢慢學，但你的天才，是誰也學不來的。」

緊接著，杜甫向這對男女說起阿海的故事，從他如何在小學課堂發現右手的魔力，到被父親暴力打壓他的魔畫夢想，再到他一度消沉、放棄自我，成了一個沒有夢想的理髮師……

話還沒說完，男人已經氣得跺腳。

「這是什麼混帳爸爸！這樣的神童都被他給毀了！」

「也不能完全怪我爸啦……」阿海連忙解釋，「我爸也是為我好。」

阿海告訴他們，爸爸年輕時也很喜歡畫畫，全鎮的廣告牌都是他畫的。可是呢，有一次爸爸給一個修車行畫廣告牌，畫了一個正在滾動中的輪胎。也不知道怎麼回事，那個廣告牌剛剛掛到街口，畫中的輪胎就活了。每個經過的人，都以為那個輪胎真的從畫裏滾了出來。結果，當天就有司機被嚇得出車禍，還有老人，被嚇得當街猝死……

「然後呢？」

「然後我爸就被大家當作怪物，被大家暴揍一頓，還被剁了右手的四根手指。」

「愚昧啊！」男人更生氣了，不斷捶牆。

女人則一臉溫柔地走近阿海，撫摸他的腦袋：

「可憐的孩子。好在你來到了這裏，你的才華是無價的。」

「對，別理其他人的眼光，你畫你的！」男人也走過來，拍著阿海的肩膀，「別人還說我的查德是瘋子呢，哼，我可不信，我的查德和你一樣，也是天生的小畫家！」

「誰？」

「查德是我們的兒子。」女人解釋，「他才六歲，但已經非常非常喜歡畫畫了呢。」

「我們會用你的故事去鼓勵他的！告訴他，這個世界上，還有魔畫的存在。」男人追著補充。

看著這對打扮滑稽卻滿臉真誠的夫妻，阿海覺得自己在看一齣悲喜劇。事實上，這些日子以來，阿海都覺得生活變得不真實，他彷彿進入了奇幻故事裏，成了挑戰命運的主人翁。

那天，那對男女離開的時候，已是傍晚時分，送走他們以後，阿海又靜下來。他聽著爵士樂，看著窗外的暮色發呆，只見雲從粉至橙，越燒越旺，一個飛機劃過火燒雲，好像飛蛾撲火。太美了！阿海趕緊跑到三樓陽台，想要目睹天空由紅變黑的全過程時，他卻再次看到那個舞女。她也正站在隔壁別墅的陽台上，隔著玻璃窗，對著阿海揮手。

阿海非常開心，也揮動胳膊，向舞女打招呼——這時他才發現，舞女的表情猙獰，嘴巴顫抖著張開，彷彿是在揮手求救。而就在下一秒，她彷彿被揍了一拳似的，忽然捂著嘴巴，整個人蜷縮在地，不停地捶自己的腦袋。

阿海趕緊拿出對講機，向客服中心留言，讓他們趕緊派醫生給舞女看看。但阿海的話還沒有說完，他就看到兩個壯漢衝到隔壁的陽台上，將舞女一下子拖進了房間。望著那空空如也的陽台，阿海有一種莫名的失落，再一抬頭，火燒雲也散去了，一切都沉默在逐漸暗黑的夜色裏。

為了再次等待舞女的出現，阿海一直躺在陽台的吊床上，搖晃著看星星。逐漸地，他睡著了。但他睡得不安生，腦袋被噩夢霸佔。他感覺有人在耳邊說話，卻又聽不清楚說什麼。不久，他的右手又麻又痠，像是被針扎，被蛇咬，更可怕的是，他還感到太陽穴被小刀撬開，黏稠的血流過他的臉頰。夢裏，他怕得渾身顫抖，他想趕緊睜開雙眼，結束可怕的痛覺，可眼皮卻動不了，身子也僵硬了。他不知自己在如幻如真的痛苦中掙扎了多久，竟逐漸地適應了，雙手沒了知覺，大腦也放鬆了。終於，他進入了深度睡眠，什麼夢也沒有了。

翌日一早，阿海發現自己在書桌前醒來。桌上、地上，滿是他的畫稿。他想不起來自己為什麼會趴在這裏睡覺，只覺得自己睡得很沉，睡了很久，睡到大腦一片空白，四肢痠麻。他想到陽台上去運動一下，但剛剛起身，一股力量就將他強行按了下去。怎麼回事？他坐在椅子上，有點害怕，我是被什麼東西給控制住了嗎？但很快，一股巨大的噪音從他的大腦裏響起，吵得他太陽穴鑽心的疼。緊接著，他看到自己的右手抬了起來，在毫無知覺、毫無意識的情況下，他的右手將桌面上的雜物掃到一邊，從筆筒裏拿出鉛筆，緊緊握住。就在這一刻，他的視線開始模糊，他看不到那隻著了魔的右手，看不到桌上的畫紙，屋內的一切都從他的視線裏消失。他趕緊用左手揉眼睛，使勁揉，終於，他的視線恢復清晰——但他看到的不再是身邊的事物，而是昨天的那對男女，他們兩人睜大雙眼，一臉期待地對著阿海微笑。

「啊——」阿海嚇得尖叫，「你們怎麼在這裏！」

然而，眼前的男女彷彿根本聽不見阿海，也看不到阿海，他們對著阿海的雙眼說話，就好像對著自拍鏡頭那樣自然：

「小查德，試試你的右手，看看能不能動？」

「什麼？」阿海不明白，但緊接著，他感到自己的右手被舉了起來。

「可以了，真的可以了！」那個女人對著阿海驚呼。

「畫點什麼給我們瞧瞧！」那個男人對著阿海命令。

緊接著，阿海感到自己的右手開始在圖紙上胡亂塗抹。然後，他腦中的噪音又開始放大，他完全沒有辦法思考，彷彿他的腦子被其他人佔據，他的手被遠程控制，在幫另一個人畫畫。他彷彿坐上了飛快旋轉的直升飛機，噁心，想吐，頭暈眼花。他彷彿上了一艘陷入漩渦的破船，不斷地旋轉，下沉，旋轉……不知過了多久，他的思緒終於又回歸平靜，視線也清晰了，眼前的一切都回來了。他眨了眨眼，發現自己還坐在書桌邊，他舉起右手，手臂上的蟒蛇還在，但他低眼一瞧，生著兩個腦袋的小女孩像食人草一樣，對他張大血盆大口，伸長脖子，就要咬到他——他嚇得跌坐在地。等他再回看時，發現那只不過是一幅魔畫，一幅風格、筆跡與他毫無關係的魔畫。

為什麼會這樣？他看了看自己的右手，手腕上的金環正在發出詭異的光芒。

難道，我被遠程操控，幫其他人畫魔畫嗎？

想到這，他嚇得雞皮疙瘩都起來了。

「救命啊——」他朝對講機大喊，但下一秒，他就喊不出聲了，他的太陽穴彷彿被電擊，他的手環在無限鎖緊，右手疼得要命。他蜷縮成一團，疼得在地上打滾。很快，兩個壯漢衝進來。他們一人控制住阿海的手腳，一人扒開阿海的嘴巴，給他塞了一粒藥丸。不一會兒，阿海的舌頭就開始發麻，他的頭不疼了，手腕也不疼了，他覺得自己整個人變得很輕很輕，像是一片紙那樣，飄在空中，什麼也感覺不到了。

當阿海再醒來的時候，已經是第二天的中午。他睜眼一看，發現自己又趴在書桌前睡著了，四肢痠麻，太陽穴腫脹。當他想要去陽台做運動時，一股奇怪的力量把他按下去，他的右手開始不聽使喚，自顧自地舉起來，拿起畫筆。

「停下來！」阿海對著右手大喊，「快停下來！」

但右手不再是他的了。他的頭又開始疼，一股巨大的噪音在耳邊嗡鳴，他的視線開始模糊，陌生的畫面在他眼前瘋狂旋轉……

不知過了多久，等阿海再清醒過來時，他發現自己還安然無恙地坐在桌前，但畫紙上卻躍出一隻巨大的血色兔子，牠的耳朵是生著獠牙的剪刀，朝著他的脖子咬過去——「啊！」阿海嚇得大叫。等他再回看時，發現那只是一幅魔畫，一幅與他無關，卻又的確出自他右手的魔畫……

怎麼回事？阿海想，這到底是怎麼回事？難不成，有人跟我交換了右手？想到這，他的腦子又開始劇烈疼痛，他蜷縮在地。很快，兩個壯漢闖了進來，一人控制阿海的四肢，一人餵他吃藥。不久，阿海再次失去知覺與記憶。

如此的生活，不知循環了多少天，終於有一天，阿海醒來，他不再想著去做運動，而是直接拿起畫筆，靜靜等待他的右手被遠方的陌生人操作。當他眼前的視線被陌生畫面覆蓋的時候，他不再感到害怕，他也適應了耳鳴、頭暈，他知道，只要熬過這些身體上的痛苦，他就會完成一幅魔畫，完成了這幅魔畫，就有人來餵他吃飯，他就能好好睡一覺。

逐漸地，阿海已經忘記了來到這裏的初衷。他唯一能記住的就是，每天都要完成一個任務，就是要讓別人遙控自己的右手，來完成一幅魔畫。

當阿海的思維開始改變時，重複的工作變得不再痛苦了，很多時候，他大腦一片空白，只是右手在動。

這一天，阿海如常結束魔畫的工作，等待壯漢進來餵藥。但等了很久，壯漢都不曾出現，他感到前所未有的空虛。於是，他又走上天台。他再次看到隔壁的舞女——不過他已想不起來第一次見她是何時。那個舞女還在陽台上舞動，但身材已經走樣，彷彿跟另一個肥婆交換了身體。雖然她還跳著那些充滿野性的舞蹈，但面無表情，好像一個牽線木偶。

阿海看著她，看著日落，覺得世界沉浸在橙色的安寧裏。沒多久，他在陽台上睡著了。這一覺睡得很沉。沒有夢，沒有知覺，什麼也沒有，他彷彿去了外太空。

等阿海再醒來時，他發現自己躺在公寓裏，抬頭看了看鐘——都下午兩點了！完了完了，要遲到了。阿海匆匆洗漱，隨便換了身衣服，打了個的士，直奔髮廊。

「對不起，對不起，我又遲到了……」阿海氣喘吁吁地跟老闆打招呼。老闆正在低頭算賬，一聽是阿海的聲音，滿心歡喜，但又故作冷漠：

「臭小子，一聲不吭就跑了，現在發財了？回來請我喝茶？」

阿海愣了：「什麼意思？我去了哪裏？我不是一直都在這裏上班嗎？」

老闆剛想發脾氣，但轉念一想，以為阿海不好意思承認，故意裝傻，他也就沒有說破，讓阿海趕緊滾去工作。三個月沒見，老闆還真有點想念這個手藝精湛、為人憨厚的理髮師。

然而，當阿海再次拿起剪刀，面對顧客的頭髮時，他的大腦一片空白——忽然之間，他想不起來該如何剪頭髮了。他看著自己的右手，那裏的蟒蛇還在，手腕上還有一道紅紅的勒痕，像是剛剛被鬆綁——但他想不起來為什麼會有那樣的傷疤了。

被髮廊炒魷魚以後，阿海一度十分潦倒。他到處打散工，端盤子、洗碗、看倉庫……但他什麼也做不好，時不時就頭痛，總覺得有什麼事情記錯了。好在他為人老實，身子也還健實，被一個建築師傅帶走，做小工，幫忙搬水泥、抬鋼筋什麼的。阿海喜歡這份工，因為只需費力氣，不用費腦子，這樣就不會記錯東西，頭也不疼了。

這天午後炎熱，阿海攤在工棚裏吹電扇，其他工友圍成一團，邊吃盒飯，邊玩手機。忽然，有人喊了一嗓子：

「哇靠，這個厲害。」

「什麼？」大家都去湊熱鬧。

「那個黃海鵬，你們還記得嗎？」

「就是那個過了氣的喜劇演員？」

「他怎麼了？」

「我剛看到一個訪問，說黃海鵬消失十年，原來在家帶孩子，他兒子是個自閉症。」

「這有啥新鮮的？不少明星生的孩子都有問題……」

「我還沒說完！你們猜那個兒子怎麼樣？」

「怎麼樣？」

「那兒子是『神筆馬良』轉世，畫出來的東西會動的！」

「真的假的？」

大家全都醒了，要求一起看一次那段視頻，阿海也覺得好奇，圍了過去。

在視頻裏，阿海看到一個光頭肥佬，正在向記者展示兒子的作品，只見那些畫不斷地朝鏡頭飄出幻影：吞下月亮的長頸鹿，將海濱小村推上天空的浪花，兔子用耳朵剪碎胡蘿蔔……

「這是假的吧！」阿海說，「一看就是後期特效做的。」

「拜託，這可是中央電視台的訪問，剛剛那個主持人說，那孩子的作品已經在歐洲巡迴拍賣了。」

「欸，別吵別吵，黃海鵬在說話……」

大家又靜下來，仔細聽——原來，那個神童的處女作正在聯合廣場免費展出。

「聯合廣場欸，離我們很近！喂，你不信就去看看唄！」工友挑釁阿海。

「去看就去看。」阿海嘟囔著。

雖然阿海嘴上說著不信，但內心卻充滿好奇，不知道為什麼，他覺得自己有點羨慕這種天生就與眾不同的人。

下班之後，阿海連飯也沒有吃，騎著摩托車，直奔聯合廣場，可惜，趕到現場的時候，展覽已經快結束，保安已經舉著喇叭，驅趕仍在圍觀的人。阿海趕緊擠過去。當他扒開人流，望見那幅被裱在水晶畫框裏的作品時，一朵鬱金香忽然在他眼前自燃，火星子化成蝴蝶，撲扇著翅膀，向他鼻尖飛來。他嚇得眨了眨眼，蝴蝶不見了，火光消失了，只剩那幅彩鉛畫，還留在眼前。

就在那一瞬見，阿海的思維突然飛散開來，他看到一個陌生的女孩，飄著一頭橘色的長髮，踩著滑板輕輕飄走，又看到了死去的爸爸，一臉憂鬱地朝自己走來，舉起自己斷了四個手指的右手，輕輕拍了拍他的頭。

「傻孩子。」爸爸說完便消失不見。

「關門了，關門了，大家都散了吧，散了吧！」保安的大喇叭已經來到了阿海身邊，他這才回過神來，發現自己面對那幅作品，竟流下了眼淚。他趕緊擦乾眼睛，順著人流匆匆離去。

阿海一邊走，一邊想：那個女孩是誰呢？為什麼我會想起爸爸呢？為什麼我會流淚呢？

這些莫名其妙的問題讓他頭痛發作，他加快了步伐，想要甩走這些古怪記憶。

不知走了多久，一股濃郁的烤肉香味從街口傳來，阿海扭頭一瞧，在斜對面的小巷裏，不少餐館已經在門口支起了大排檔。

算了，別想了，阿海告訴自己，累了一天，餓都餓死了！他像以往治療頭痛那樣，揉揉太陽穴，甩甩腦袋，在原地蹦蹦跳跳一陣子，然後，像一個從未受過傷害的少年那樣，朝著煙火深處跑去。

（發表於《湘江文藝》2022 年第 3 期）

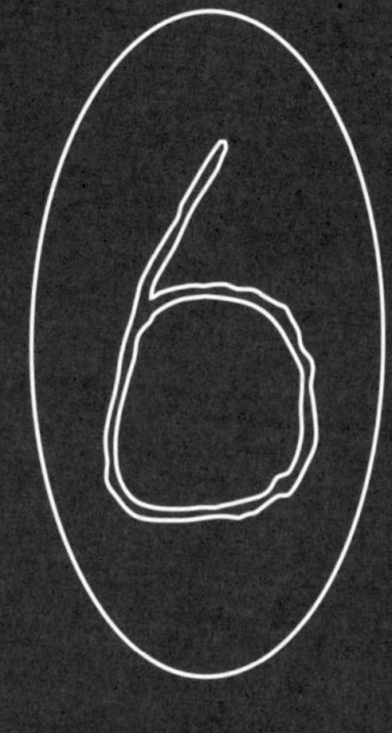

愛哭的衣櫃

香港的確很潮濕，我經常發現衣櫃裏的衣服莫名其妙就有了潮氣。那些裙襬、衣領、袖口，每次捏起它們，都令我掌心汗濕了一般。

沒辦法，我唯有將它們一件件拿出來，掛在小窗的防盜網上。可防盜網最多只能掛四件衣服，於是我買來了掛鈎，貼在了衣櫃門上和牆上。可是忽然變潮濕的衣服總是源源不斷，我不斷地更換掛出來的衣服，不久，我的小臥室就成了衣服陳列館。

藍色的西裝，粉色的裙子，水洗藍牛仔短褲，波點短裙，墨綠格子襯衫，白色蕾絲長裙，薑黃色背帶褲……

很多奇怪的配搭，好像牆紙一樣，包圍著我的單人床，電腦桌和椅子。我就在五顏六色的潮濕下，發呆，做功課，跳減肥操，看電視劇，寫日記。

有一次，我記得是在十月初，天氣涼了，我第一次關了空調睡覺，開著窗，防盜網、衣櫃門和牆上掛著未乾的衣服，風吹來的時候，我聞到花香，儘管我知道那是洗衣液殘留的化學物，卻還是在難得安靜的夜晚，開心了好一陣子。

我以為我可以就這樣帶著花香入睡了，誰知，我聽到細碎的哭聲。

這也並不奇怪，我開窗的時候，時常聽到鄰居家傳來的聲音。準確來說，我一望向窗外，便可窺見鄰居家的客廳：它和我臥室差不多大小，被綠色的雙人皮質沙發（蓋著塑膠套子）、一張玻璃茶几（經常堆滿零食和啤酒）和一個木製餐桌（不吃飯時便被摺起放到牆邊），還有一個不大不小的電視（從早到晚播放著股市新聞）塞滿。我便又像往常一般，向窗外窺視，卻望見了鄰居家緊閉的窗戶和窗簾——看來不是鄰居家傳來的聲音啊，我警覺起來。

我在洋溢著花香的黑夜裏細細搜尋，發現這聲音來自衣櫃。

難道有老鼠？我不自覺起了雞皮。

不對，老鼠也不會哭啊。難道是米老鼠嗎？別講笑了。

咦，難道……衣櫃裏藏著人呢？想到這，我反而不怕了，忍不住解悶似的，輕輕對著櫃子說：「嘿，你在哭嗎？」

哭聲止住了。

房間靜得驚人，只剩下我的呼吸和花香。

「我吵到你睡覺了嗎？對不起，我只是有點想念之前的主人。」

衣櫃說話了！

聲音分不出性別，像是一個剛剛學會說話的小孩。

其實我可以走去拉開櫃門看看，但又怕發現什麼奇怪的東西而打破此刻的迷幻感，索性直起身子，靠在床頭，和那聲音聊起天來：

「還好，我一般都睡很晚。」我想了想，補充道，「沒關係，想念是人之常情。」

「可不是衣櫃之常情啊。」衣櫃急著解釋，「朋友們都說我太奇怪了，竟然會對主人產生感情。」

「怎麼了呢，你暗戀他嗎？」我忍不住笑了笑，但立刻閉嘴，怕傷了衣櫃的自尊心呢！

「不是……我的主人有喜歡的人，還經常帶女朋友來我的肚子裏約會呢。」

「啊，你的主人還真是怪呢，這麼多地方可以去，為什麼要在你肚子裏約會？」

「我也不明白，我經常聽到他們相擁在一起，然後說，終於不用害怕別人發現了之類的……」

啊，是偷情！這個念頭瞬間在我腦海裏彈出來，不過我沒敢說出來，怕徒增衣櫃的負罪感。

「每一次約會，主人都會事先把我肚子裏的衣服清理出來，騰出一片二人世界。好在主人和女朋友都很瘦小，兩人不費力就可以蜷縮在我的肚子裏，然後就這樣蜷縮著度過一整個下午，說笑話，聊八卦，親吻，擁抱。我看著窗外的天空逐漸從碧藍變黯淡，便知主人的約會時間快結束了。每次主人送走女朋友，都會坐在我面前，默默地，把堆在床上的衣服，一件一件疊好，放進我的肚子裏。主人和你一樣，衣服很多，所以每次都要整理到天空徹底變黑。那時，我差不多就能聽到客廳的響動，應該是主人的爸媽回來了。然後，主人就要佯裝沒事發生一樣，出門迎接他們。」

哦……看來不是偷情了，也許是早戀的少年，害怕被爸媽發現，才要躲在衣櫃裏吧。

「唔……你主人一定很喜歡那個女朋友，不然啊，整理衣服這種事情，我除了換季，才不要做呢，更何況，你主人還是個男生，他一定更加厭惡這些家務。」

「也不會吧，我主人和你一樣，是個女生。」衣櫃解釋，「你知道嗎，很多時候，她們兩個說的笑話也會令我捧腹大笑，只是她們不懂我的語言，以為是自己動作太大，令我的零件叮噹響呢！那些時刻，我便覺得可惜。我真的很想告訴她們，我特別喜歡她們在我肚子裏玩耍，我感到無比快樂。」

「那然後呢？為什麼你的主人把你賣掉了？」

「我記得最後一次約會，主人和女朋友在我的肚子裏一聲不吭，只是靜靜地抱著，度過了一個寂靜的午後。但那天晚上，我親眼看見了我的主人咬著枕頭，不出聲地大哭。我不知怎麼了，難道她和女朋友吵架了嗎？我為她們擔心，於是我也流淚了，但她不知道，只是第二天早上，發現很多衣服都泛了潮。」

啊，難怪我的衣服們總是濕濕的，哼，你這個愛哭鬼。我在心裏埋怨了一句。

「從那之後，我再也沒有見過主人的女朋友，再也沒有人在我的肚子裏講笑話，相擁了。我竟然十分想念那種捧腹大笑的感覺呢，於是，我便有了哭的習慣。我第一次流淚後才知道，哭這種東西，是會上癮的。當我想念那些快樂的時光時，我就會流下眼淚，於是，主人的衣服總是被我的眼淚打濕。有一次，當她再一次發現衣服又泛了潮之後，忽然間彷彿發了瘋似的，把我肚子一股腦掏空，然後踢我、捶我，我痛得大叫起來，我不知道她怎麼了，為什麼要這樣恨我，我曾經也帶給過她快樂，不是嗎？」

說到這，衣櫃忽然安靜了，我猜到它又在流淚了，好吧，明天我又要換一輪新的衣服來晾曬了。但我卻並不嫌棄它，反而很想抱抱它，給它一點溫暖。

「嘿，不要哭了吧，你有想過嗎，你的主人恨的也許不是你，而是在你之外的這個世界呢？」我靠在衣櫃門上，輕輕撫摸著它。

「我不明白你說的，我只知道，主人再也沒有理睬過我，不久，我就被人抬去了二手市場，那段時光，真是難捱，我和身邊的衣櫃們談不來，他們都是些老流浪漢了，我唯有默默流淚，你看，我的身上都出現了淚斑，很醜吧？」

的確，但是便宜啊，我在心裏回答。

「沒有的，如果不喜歡你，我也不會選你了呀！」不要罵我虛偽，我真的不想傷害這可憐的衣櫃呀！

「是嗎？那你也會在我肚子裏玩耍嗎？」

「可以呀，不過呢，我沒有男朋友呢，所以，暫時只能一個人在你肚子裏玩，好嗎？」

「為什麼你是要找男朋友，而不是女朋友呢？」

「唔……這個嘛，因為我喜歡男生嘛。」我一時還真不知怎樣解釋，只能像個敷衍小孩的大人一樣，傻傻地笑！

「為什麼同樣是女生，但是你喜歡男生，而我上一個主人喜歡女生呢？」

「哎呀哎呀，這個問題……需要很長一段時間才能跟你說清楚，也許等你長大了就會明白了。」

「真的嗎？」

「真的。」我信誓旦旦地在黑夜裏點點頭。

不知道我是否會陪伴衣櫃長大，但不管怎樣，此時此刻，原諒我，我並不想讓一個年幼的衣櫃知道太多人類的是非。

「好了，快睡吧，不早了。記住，不許再哭啦，不然，打濕了衣服，我也不陪你玩了……」我在黑夜裏對著衣櫃揮揮拳頭，表示警告。

「那……晚安。」衣櫃輕輕地對我說。

我爬上了那硬而窄的單人床，嗅了嗅空氣中潮濕的香味（應該很快就不會再有了），閉著眼，也說了句，「晚安」。

（發表於《青年文摘》2016 年第 6 期）

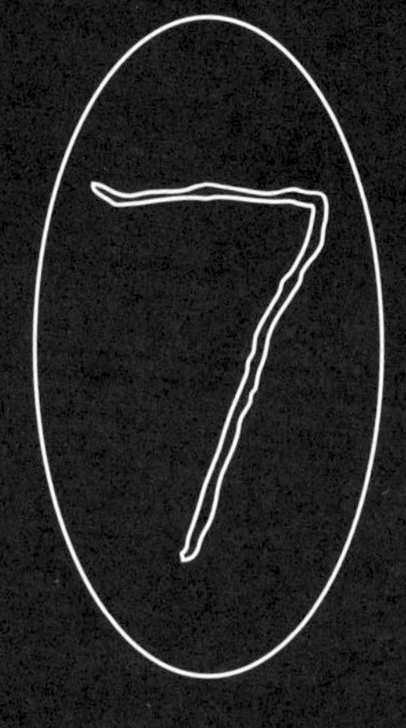

7 唔該！長頸鹿男孩

「唔該！」

每一次我從衣櫃裏拿出衣服時，衣櫃總是這樣說。

「這個詞到底什麼意思呢？」我一邊穿衣服，一邊跟衣櫃聊天。

「很多意思，你要侍應生幫你加水時，你說『唔該』；你需要路人讓開時，你說『唔該』；你想問同學幾點鐘時，你說『唔該』；你的錢包掉地上被人撿起來還給你時，你說『唔該』……總之，你一說『唔該』，什麼問題都可以解決了！」

我似懂非懂地關上衣櫃門，對它說：「唔該！」然後飛奔去學校。

自從衣櫃告訴我這個秘訣後，我才發現，想在香港生活，無時不刻都得說「唔該」，每一個「唔該」從不同人嘴裏蹦出來，卻在同一個狹小的空間相遇，譬如說：在人滿為患的地鐵車廂、像風一樣飛馳的奪命小巴、購物車四處奔跑的超級市場……每一個「唔該」的出現，都使矛盾變得客氣起來，卻又與熟絡背道而馳。

我就這樣或抱著厚重的參考書們，或提著裝滿零食的購物袋子，一口一個「唔該」地在人流裏游來游去，終於在香港——這陌生又神秘的城市裏，有了如魚得水之快。

直到有一天，我聽到一聲來自天空的「唔該」——說天空許是誇張了幾分，但那聲音的確是從我頭頂三尺以上的地方傳來。

頭上三尺有神明，難不成是上帝？我詫異地抬頭，卻望見一個長頸鹿……的脖子！

「唔該，請問我可以坐在這裏嗎？」那長頸鹿脖子的主人見我一臉詫異，便再次客氣地問我。我高高仰起頭，才看到脖子主人的樣子：竟是十分清秀的男生，還戴著一個灰色方框眼鏡。

當時我正在學校附近的茶餐廳裏，和兩個陌生人搭檯——我來到香港才發現，這裏的茶餐廳十分狹小，高峰時段，就算不認識的人也會被老闆安排到同一張餐桌上吃飯，大家緊密地坐在一起，圍著一張桌子，卻互不相識，各玩各的手機，各品各的茶，彷彿打一場各懷鬼胎的麻將。我望了望其他二人，他們也望了望我，然後心照不宣地對長頸鹿男孩點點頭，長頸鹿男孩便彷彿得到了通行證一樣，加入了我們無聲的聚餐。

可我還是無法打消自己對長頸鹿男孩的好奇，我看著他脖子筆直地挺著，頭剛剛好頂著天花板，然後十分費力地將菜譜舉著，才能正常點餐，忽然間覺得，他在香港這個到處都精緻又擁擠的地方，生活得一定很吃力了。

長頸鹿男孩似乎感到我的目光正在他的脖子上遊走，便羞澀地從背包裏拿出一個方格圍巾，在脖子上纏繞了幾圈，遮住了短短絨毛和棕花斑紋。於是我也只好知趣地低下頭，和其他兩個人一樣，一邊被手機裏的世界吸引，一邊心不在焉地吃著雲吞麵、碗仔翅、腸粉⋯⋯彷彿真的沒有見到一個長著長頸鹿脖子的清秀男孩。

「我今天撞見了生著一個長頸鹿脖子的男孩。」我躺在床上，和衣櫃聊天。

「你們成了好朋友嗎？」衣櫃很好奇。

「沒有，我們還是陌生人。但他的脖子真的很特別，我從來沒見過一個人會有這樣特別的脖子，可是身邊的人卻彷彿對他絲毫好奇也沒有似的。」我望著天花板，回想著餐桌上其他二人對長頸鹿男孩的見怪不怪。

「說不定他們只是假裝看不到呢？」

「也許吧。那他的脖子會不會覺得很寂寞呢？明明與眾不同，卻在旁人眼裏沒有絲毫光芒。」我望著天花板上的燈，一閃一閃，彷彿它也在與我一起遐想似的。

據說有一種定理，就是當你留意一個人的時候，就會發現那個人其實經常出現在你的生活裏。自從那晚我反覆回想長頸鹿男孩的脖子之後，我真的經常偶遇他。小巴裏，他會忽然就挺著僵硬的脖子出現，貓低身子，擠到座位上，然後又與我在同一站下車；學校附近的便利店裏，他的脖子會高高地擋住我的視線，讓我看不到冰箱裏的飲料；甚至在學校的樓梯上，他會一個人默默地揹著書包，拱著高高的脖子，有些笨拙地向上爬——這時候我才發現，原來他跟在我同一所大學裏上課！

「嘿！」我跟上他，拍了拍他的脖子，那些絨毛友好地與我的手掌打招呼。

「啊，是你……」他沒辦法扭轉脖子，唯有整個人都轉過來，面對我。

「你去幾樓？」

「十二……」

「不坐升降機？」

「我太高，擠不進去。」長頸鹿男孩說著，再次將搭在脖子上的方格圍巾向上纏繞，一層一層，裹住他的脖子。

我當時便覺得，長頸鹿男孩也是個孤單的人，和我一樣。於是，我陪他一起步行上十二樓。為了表示感謝，長頸鹿男孩說，可以讓我爬到他的脖子上玩一陣。

「真的嗎？」我小心翼翼地攬住了長頸鹿男孩的脖子，但內心早已蠢蠢欲動，這讓我想起小時候去動物園，第一次在馴獸員的保護下爬到了馬背上，十分驚喜又十分害怕跌下來。

「可以的，我妹妹經常爬到我脖子上玩的。」長頸鹿男孩信心滿滿地伸出雙手，將我一把抱起，駕到他的脖子上。

那時候只有我們兩個人在空蕩的樓梯間裏，我攀著長頸鹿的絨毛脖子，彷彿爬到了高塔上的王子，一伸手就可以摸到天花板。天花板上有一口小小的天窗，我從那塊透明的玻璃望出去，第一次覺得香港的天空離我那麼近。

「哇，你每天都可以看到別人看不到的風景，一定很開心吧？」我望著那塊小小的天空，心裏滿是羨慕。

「看多了天空，你也會覺得它和天花板沒什麼兩樣。」長頸鹿男孩的聲音總是十分輕慢，也許聲音穿過他那長長的脖子，就會被削弱力量，「只有我妹妹爬到我脖子上玩的時候，我才會突然覺得自己不是一個連升降機都擠不進去的廢物。」

那一刻，我感到長頸鹿男孩的脖子在我的雙臂下發出細微的顫抖。他是在哽咽嗎？ 他的脖子這麼長，哽咽起來，一定很吃力吧？

「他這麼說，很叫人心疼啊！」衣櫃聽了我複述和長頸鹿男孩的對話後，忍不住哀嘆。

「是啊，每天都看他一個人，獨來獨往的，他好像覺得沒有人需要他似的。」我躺在床上，又看著天花板上的燈在忽明忽暗。

「你覺不覺得，燈好像有問題？總是在閃爍。」我問衣櫃。

「燈不能說話的，它只能用光來表達自己。不過我看不懂它的語言，燈是很自閉的一種東西。」衣櫃告訴我。

「原來是這樣！它想告訴我什麼呢？」我望著燈，彷彿他也在望著我，「你是在聽我說長頸鹿男孩的故事嗎？」我對著天花板說話。

就在這個瞬間，燈發出「砰——」一聲，然後就熄滅了！

我嚇得從床上坐起，房間陷入了黑暗。

「它怎麼了？」

「燈是這樣的，它唯一發聲的時候，便是受傷或者死亡了。」衣櫃解釋。

「沒有燈怎麼辦？哎呀，我沒有梯子，不能爬上去修呀，看來明天要去買梯子……」忽然，一個想法從我腦海裏閃過：找長頸鹿男孩幫忙呀！

我這才恍然大悟，明白了燈的用意，對它說了聲：「唔該！」

第二天，我又在樓梯間裏遇到了長頸鹿男孩。

「嘿，拜託你幫個忙吧？」我攬住長頸鹿男孩的脖子。

「有什麼忙可以幫呢？我除了讓你趴在我的脖子上玩一陣，什麼也不會做了……」長頸鹿男孩還是那樣輕慢地說話，像是陰天裏的微弱陽光，不疼不癢。

「我家燈壞了，讓我爬到你的脖子上去修燈吧。」我指了指天花板，「燈在天花板上，太高了，我夠不著。」

長頸鹿男孩愣了一秒，我才終於聽到輕慢的笑聲從他嘴裏傳出來。

原來笑聲和哽咽一樣，要在他那毛茸茸的長脖子裏翻滾一陣，才能爬出來。雖然哽咽在他的長脖子裏加劇了不開心的吃力感，但我想，開心的溫暖也會被他毛茸茸的脖子拉長吧？

「好，去你家修燈。」長頸鹿男孩開心地把我抱了起來，再次讓我攀上了他的脖子。

聽著他緩慢又輕的笑聲，我的心彷彿一絲風吹過，蕩漾啊蕩漾啊，泛起甜來，悄悄附在他耳邊說了句，「唔該，長頸鹿男孩。」

（2015 年 10 月 28 日發表於「荔枝」App）

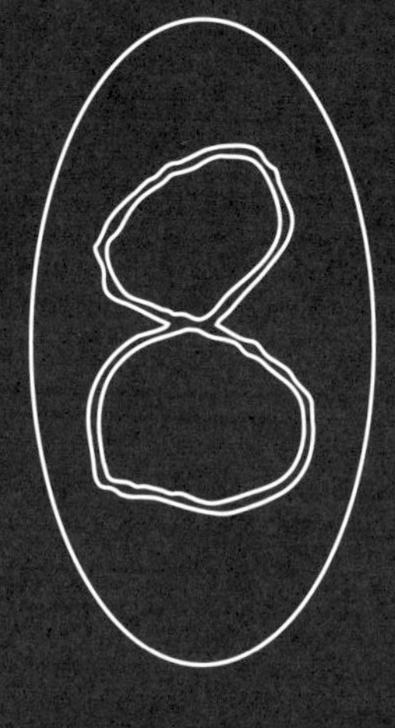

少年

我二十歲的暑假經常和一個比我大二十四歲的老男人廝混在一起。

「不，是大二十四歲半。」他一定要這樣糾正我。

「據說現在中年人的標準是四十七歲，那恭喜你，你還有兩年半的時間。」我經常笑他是個老男人，雖然心裏並不這樣覺得。

「是嗎，可我覺得我還在青春期呢。」他說完這話剛好抽完了一根煙，然後我們離開橙色的街邊垃圾桶，行入熱烘烘的下班人流。那是下過雨的六點半，我們走在香港的一個工廠區，街道兩旁修車店此起彼伏，修車工人光著膀子，蹲在路旁，黝黑皮膚還不及他們擦拭的跑車表面光滑。我高跟鞋所經的道路不平，且多積水窪，但這並沒有影響我的心情，我和他一直說笑打鬧，連手都忘了牽。他陪我走去巴士站，等著巴士來，目送我隨著長龍，彎彎曲曲，潛進車廂，然後離開。我靠在車窗上看他遠去的背影，如往常一樣：襯衫，牛仔褲，波鞋，雙肩包。那時我便產生一種錯覺，以為他是一個送我回家的少年，而且還是那種學校籃球隊隊長，因為他瘦瘦高高，比我高出二十公分。

我們結識是為了一起創作一個故事，然後拍出來，參賽。那時我無所事事，在香港找不到實習，又不想回內地吃吃喝喝，千百個焦躁迷茫的時刻中，一個尋求創作夥伴的 Facebook 帖子彈在我的眼前，發帖人正是他。

他經常轉鐘後才約我出來聊劇本。我們喜歡在酒吧裏聊，因為通常他喝多了就會說很多年輕時的故事給我聽。他有太多故事，事到如今，我已分不清哪些是真的回憶，哪些是他的醉話，只記得他的故事都很飛馳，聽得我十分蕩漾，彷彿回到了中學時代，逃掉每一節數學課，去看小說、看電影、到外地參賽，然後隔幾個月就頂著一頭亂髮，穿著滿是塗鴉的校服，在全校老師們的白眼下，跑上演講台領我的小說比賽獎狀。為了記住這飛馳的感覺，我每次喝酒都逼自己保持清醒，可以說，與他在一起的每一天，我都是千杯不醉。

有一次，他說好了要給我講他初戀女朋友的故事。於是我們特地去了一家露天酒吧，好似為他的舊傷準備好了一片豪爽的殺場，卻不曾想，香港夏日的凌晨還真熱呢。他說這個故事要先說時間背景，於是我們坐在熱氣騰騰的暗夜裏，乾了一杯又一杯的啤酒，汗流浹背，可他的背景仍沒說完。我記得這時候有個侍應生來給我們送火機。

「我沒叫火機。」

「哦，不好意思，他送錯了。」侍應生屁股後邊跟來一位小姐，跟我道歉後，就拎著侍應生的胳膊，嬉罵著去了後邊一桌。

他這時候忽然問我：「你聽見剛才那個小姐跟侍應生說什麼了嗎？」

我愣了一下，說：「沒有。」

他好像在黑夜裏邪笑了一下，說：「那個侍應生說，『你不是說要我把火機給一個靚女嗎？』，然後那個小姐說，『你是不是眼盲啊，那個嚿妹是靚女？我這樣才叫靚女！』」

作為一個經常被前男友嫌棄單眼皮且平胸的自卑少女，我認定他是想用那個小姐的話拿我尋開心。

於是，我「哦」了一聲之後，便低頭咬著杯口的邊緣，不再說話。

「怎麼了？不要不開心呀，我是在笑她自戀！」我記得他是這樣安慰我的。

我把頭扭向另外一邊，不回應。

「不要這樣，不要這樣啦。」他伸出手來，跨過酒桌，搖著我的肩膀。

我還是不看他，只望著隔壁桌的水煙，從印度人的嘴裏裊裊升起。

他終於停止搖晃我的肩膀，摸了摸我的頭，隨後又認真地撫摸我垂下的眼瞼，說：

「你知道嗎，你的眼睛真的很靚。」

那天我們一直喝到酒吧都打烊。那時是香港的凌晨五點半，路燈已經熄了，樹影淡淡地灑到磚紅色的道路上，一連串的通宵小巴堆在路邊，打著盹，路兩邊的店舖都關了門，沉默的鐵門連成一片銀色鎧甲，偶有一處亮起昏黃的燈，那是兜售魚蛋燒賣的夜宵攤。我們手牽著手，蕩來蕩去，在街頭搖搖晃晃。我聽著他無比興奮地跟我說，你知道嗎，每一次跟你聊天都彷彿回到了年少，每當和你聊劇本時，不約而同說出同樣的話，我以為自己早在二十年前已認識你，這感覺真是太奇妙了，我真的好鍾意你，好鍾意你啊。我記得我好像沒有說話，我只是抬頭看著他一臉開心的孩子樣，在心裏回應：「是嗎，這麼巧，我也是欸。」

當時很多朋友都覺得我瘋了，和一個並不熟悉的老男人在一起，他既沒有給我送車，更沒有給我送房，只是酒後說了幾句醉話，就把我泡到手了。實際上，他也並不是一個良好的男朋友，他一把年紀了，依舊沒有固定的職業，是自由的導演、編劇、剪輯師、廣告人……晚上八點睡覺，凌晨起床，太陽升起時再次睡去，正午一點開始新的一天。他也從不會糾正我的粗口，不會在我翻白眼時叫我溫柔一點，不會讓我穿長裙配高跟鞋，任由我露出沒有腹肌的肚臍，和一點也不細的大腿，不會欣賞我辛苦貼上的雙眼皮和假睫毛，喜歡望著我因熬夜而爆出的暗瘡傻笑。總之我在之前男友們那裏學到的一切變美、變好的技巧，到了他手裏全融化了。但我覺得無比快樂，彷彿又成了那個想怎樣就怎樣，根本不計後果的中學生。所以在我眼裏，這就是愛情。

我們在一起的時候都重新愛上了同一套老電影，《這個殺手不太冷》。我經常說他是我的 Leon，但他從沒說過我是他的 Mathilda，他只說我是他的小天使。但我還是堅持要模仿電影裏的 Mathilda，抱著一個盆栽，跟在他屁股後邊，走走停停。路上的人時常投來異樣的眼光。

「你看，他們好像都在看我們。」

「他們會不會覺得我是你爸？」

我不喜歡別人覺得他是我爸爸，於是我就跳起來與他接吻。

「好了，現在他們就不會覺得你是我爸了。」我們滿足而快樂，牽起手來，在斑馬線上轉起圈圈，任身邊人來人往，綠燈的「嘟嘟嘟嘟」響成一串。

我們也有爭吵的時候。那時候很流行一套法國電影，叫《接近無限溫暖的藍》。從電影院裏出來，他很不高興。他覺得劇情遠不如宣傳片來得吸引人，令他失望。

「可是它拍得很美啊。」

「可是美的東西不一定就是好的東西，很多藝術品都是不美的。」

「可它就是拍得很美啊，你不是也經常說我很美嗎，那是不是我並不好？」

然後他更加不高興了。

「可你只追求美，不追求內涵嗎？」

「是你說我美的。」

「如果不是你的創作才華，你的美也算不上什麼啊，更何況，我現在在說電影啊！」

我也生氣了，故意走得很慢，和他拉遠距離。他也不回頭看我。那是一個悶熱的午後，我們一前一後在熱鬧的步行街上賭氣，空氣裏充斥著不同國家的語言，和不同膚色的汗味，很快就被人潮衝散了。我記得那時候忽然就打起了雷，香港夏日的暴雨總是說來就來。雨水嘩啦嘩啦捶打著每一寸大地，行人紛紛打起傘來，我完全看不到他的背影了。而這個瞬間他就出現在我眼前了，脫下襯衫，套在我頭上，露出打底 T 恤，攬著我毫無目的地在雨裏跑著。跑著跑著我就大笑起來。

「你以為你的襯衫是防水的呀？！」

雨水順著我的劉海往下滴，霓虹都傾斜了，變成柔軟的彩虹，在我心裏倒掛著。

我們還喜歡去稀奇古怪的地方約會：半夜三更在滑梯間裏喝啤酒，親吻，躺在鐵質的冰涼地板上，仍是不斷流汗；溜進工業大廈的某個垃圾房裏，沒有燈，沒有冷氣，只有半開的方窗，為我們畫出天邊的山脈，以及扎根在海裏的鋼鐵森林。

有一次，我們心血來潮，搭上末班車，山長水遠地跑去了赤柱。夜裏的赤柱竟如此寧靜，完全沒了日頭的商業氣。我們經過一條沒有燈的小巷，兩邊緊閉的店門，好似怪獸的眼睛，嚇得我唯有緊握他的胳膊。而他任我挽著，一直往前走，彷彿走在一條沒有時間的通道裏。終於，我們在黑暗裏找到了一家尚未打烊的泰國餐廳，成了午夜裏唯一的客人。我們坐在藤製的餐椅上，看著四周擺著的泰國佛像，以及站在燈下不斷對我們微笑的老闆娘，議論著是不是進入了鬼片裏。

不過那餐飯我們都吃撐了。在喝最後一杯酒的時候，他終於告訴我了一個好消息。原來，他認識的一個很有名氣的攝影師朋友，看了我們的劇本後非常喜歡，願意無條件幫我們拍片。我們在昏暗的餐廳裏不斷地乾杯，大笑，引得老闆娘都來和我們一同歌唱。那一瞬間，我以為我們年少的夢想即將實現。

那天，我們在赤柱海邊一直呆到了凌晨六點。我們坐在海邊吹風，遠處的酒吧街裏不斷傳來鼎沸的吶喊聲，那是看世界盃的酒鬼們。我們有些睡意，攬在一起，很久沒有說話。

「以後，我要開始認真存錢了。」他忽然冒出這麼一句。

我半睡半醒地，在他懷裏點了點頭。

「一年以後，我們會有自己的小家庭，所以，四十四歲半的我，要開始存錢了。」

那是他第一次給我承諾。很多人的承諾是鑽戒，是鈔票，是奢侈品，它們屬於酒席，屬於教堂，屬於大別墅。而我眼前是一片深藍無盡的海，帶著夏夜的沉香，以及酒鬼的吶喊，所以，我的承諾是屬於自由的。

而那之後，他帶我出去玩的頻率少了，他開始接更多的工作，拍片的日子也因為與攝影師的時間不合，而一拖再拖。日子依舊炎熱，沒有約會的時候，我窩在幾百呎的小房間裏吹冷氣，寫稿，和想他。偶爾出街，我就去逛家居市場，一想到一年後會與他建立小家庭，那些鍋碗瓢盆、儲物箱、鞋櫃、桌子、椅子、掛鈎、衣架……在我眼裏都變得無比可愛起來。但即使這樣，我們最終還是分開了。

我記得很多事情，但惟獨不記得到底是什麼令我下決心與他分開了。也許因為那段日子十分的差，房東要加租金，新來的室友霸佔了整個客廳，我媽還不斷地打電話來威脅我，說如果再寫些不賺錢的稿子，而不找正經工作的話，就不再給我生活費了。我為了躲避逼仄的紛擾，便去街上蕩漾，可街上不斷有人拿著喇叭喊口號，拖著行李箱的人推來搡去，耳邊是各種語言夾雜紅綠燈轉換的「嘟——嘟——嘟——」，以及「嘟嘟嘟嘟嘟……」。我無處可去的時候，唯有嘗試去找回班上的同學，可他們卻問我：「要一起罷課嗎？」我覺得一切都彷徨、擁擠，卻又事不關己。

我和他分手前，去了迪士尼。途中，我很想看一個經典的演出，但不記得名字是什麼了。我就叫他去問路。

「你不記得名字，那怎麼問？」

「你就問，有一個米奇老鼠和唐老鴨為主角的 3D 表演，在哪裏看？」

他好像覺得這問題太白癡了，就是不願意去。於是我們玩石頭剪刀布，他輸了。我給他戴上米奇老鼠的帽子，讓他獨自一人走去一群小朋友裏，然後躲在遠處觀望。我不知道他到底有沒有按我的原話去問，但那些孩子卻忽然朝我望過來，笑得直不起腰。

晚上十點，看完煙花，我們隨著人流散場。人太多，我們走了很久才走出迪士尼，然後拐進了通往碼頭的甬道。道兩旁是鬱鬱的綠色植物，不時經過掛著卡通人像的路燈，不知躲在哪裏的喇叭，播放著迪士尼的卡通片音樂。

「你一定不要放棄。」他忽然輕輕地說。

「什麼？」

「就算我們分開了，你也不要放棄寫作。」

「嗯。」我緊緊地握了一下他的手。

散場的人聲漸漸離我們遠去，我們牽著手，越走越慢，很輕很輕，彷彿走在一個童話裏，那時候，我多希望這甬道沒有盡頭。

我不知道自己算不算是食言了。跟他分開以後，我聽我媽的話，去讀了碩士，換了專業，現在終於是拎著柏金包去中環上班的精緻麗人了。我學著一日三餐，細嚼慢嚥，把長髮染黑，笑不露齒，日復一日，我終於混到了香港永久居民身份證。我的年齡逐年增長，向四十四歲半逐年靠近，可我卻覺得和他越來越遠。在他之後，我不再幾個月就換一個男友了，而是有了一個長期陪我的人，他溫暖踏實，懂得煮健康的菜餚給我吃。這樣的日子沒什麼不好，起碼令我覺得安全，不焦躁。只是在很長一段時間裏，每當我經過車站，看到那些靠在路燈柱子上，或聽音樂，或玩手機，或發呆的穿襯衫的少年時，我就會想起他。我不知道他現在怎麼樣了，是否繼續搖晃，但我想他應該還是那個一說起我就忍不住笑的少年，儘管他比我爸只小六歲，比我媽還大了一歲。

（2015 年 6 月發表於「豆瓣閱讀」電子書《破繭》）

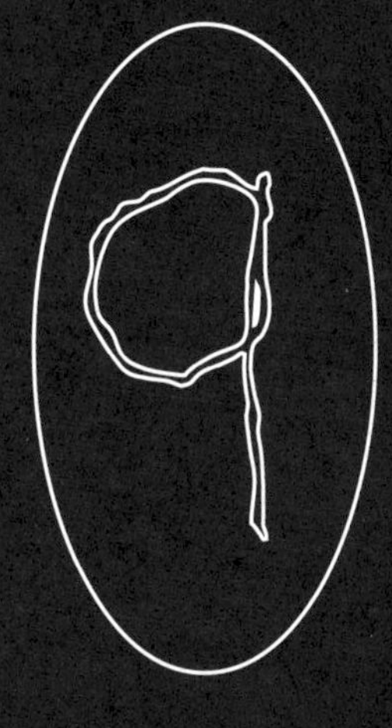

沒有男人的女人

金月決定去看電影，在太古廣場，沒約任何人，也沒提前訂票。星期一早上十點四十，在幾乎無人的放映大廳，她陪伴著一整排猩紅色的空蕩座椅，看了一場來自韓國的恐怖片，但她卻一點也沒覺得恐怖。鬼上身，亡靈，投胎，她希望這些是真實的，那麼她便可以將最近無法解釋的事情，例如連續幾日出現在陽台的黑色蝴蝶，突如其來落在她枕邊的百合花瓣，還有莫名出現在手機相冊裏的一片粉藍色天空——都認定是約瑟夫帶著禮物回來看她。

約瑟夫是她的男朋友，然而他在五十六天前死掉了。死的那一天，是一個溫熱的星期五。他如往常，大約十點起床，拉伸四肢，沖涼，喝黑咖啡，然後便出門返工。為了保持頭腦清醒與體態輕盈，他堅持到午後才開始一日裏的進食，每日只吃兩餐。這樣的習慣，他保持了近十年。看郵件，開會，簽署手下遞來的各種表格，約瑟夫望向窗外，一切都被陽光蒙上一層透亮的塑膠皮，他忽然對這個城市感到一種陌生，也許自己才是水晶球裏的一個玩偶，與窗外的一切組成協調的擺設。也許就是這個瞬間，他再次感到有什麼東西堵在他的胸口，一個不斷膨脹的球，或是逐漸生長的小動物。有病就要看醫生，你不是超人，無法自癒——金月的言語忽然出現在他的腦海裏，那張被陽光曬成小麥色的、因為過分瘦而顯得下頜骨鋒利的臉，利索的眉眼帶著一種鋒芒，令他不敢親密，卻又躍躍欲試。不久，他出現在駱克道，一座血橙色的墨西哥餐館，身後是盤旋著老鷹和蟒蛇的壁畫。而金月坐在他對面，身上還散發著剛剛從辦公室帶出來的氟利昂。

約瑟夫去世以後，金月很久沒再去過那家墨西哥餐館。老闆娘與她很熟，是一個戴著草帽，喜歡穿玫瑰粉與孔雀藍長裙的女人，蓬鬆的身體散發著芝士蛋糕味的熱情。她害怕對方會詢問，你的男人去了哪裏，很久沒見你們一起午餐了，於是乾脆不再進入那家餐館。但她懷念老闆娘親手調製的 nachos，芝士與肉粒融入粟米片裏，點上牛油果醬和番茄丁碰撞出的清甜。我外婆很喜歡做這樣的 nachos 給我吃，約瑟夫說。那是他與金月的第三次約會，就在這家餐館，他們坐在可以望到街頭的吧台，眼下是三杯 shots，杯沿上插著三分之一塊青檸，對面的霓虹在酒精裏發爛。她是在交友軟件上認識他的。他只放了一張照片，灰色短髮在髮膠的固定下向上豎起，棕色面龐凝聚著一種奇洛李維斯般的憂傷。相片裏，他穿純黑襯衫，肩膀到腰腹呈倒三角，背景只是一堵普通的白牆，也許在家中，也許在辦公室。資料沒有多寫什麼。不像那些將個人學歷、所有去過的國家國旗像勳章一樣印在簡介上的男人，他只是坦誠了自己的年齡：三十八，比金月大十二歲。他用一種類似於書信式的書面英語在交友軟件上給金月留言：

早上好，金小姐，很開心與你成為好友，你照片裏的笑容看起來很陽光，我猜你應該是一個健康的人，希望能與你交流，現在我準備出門上班，願你擁有美好的一天。

那不是第一個在交友軟件上與金月配對的外國男人。只需要打開軟件，坐在上中環或灣仔這樣滿是跨國公司、海外租客、國際學生的地界，將想要認識的對象距離縮小到一公里以內，那麼刷出來的男嘉賓就來自世界各地。法國的，德國的，英國的，加拿大的，荷蘭的，諸如此類。她就坐在距離告士打道地面二十五層、可以眺望維多利亞港的格子間，用這一個個不同的男網友開啟異域的窗口，給她日復一日的機械文案工作添點作料。

金月（2023 年 1 月 5 號上午 11 點）：約瑟夫先生你好，你為什麼要用這個軟件？你看起來很忙的樣子。

約瑟夫（2023 年 1 月 5 號下午 8 點）：不好意思，回覆遲了，我剛剛才結束今日的工作。坦白說，我還不是很熟悉這個軟件的使用。我希望可以在上面認識一些朋友，當然，最好是可以發展一段嚴肅的感情關係。我覺得你的照片看起來很親切，所以我選擇了你，希望沒有打擾到你。

金月（2023 年 1 月 5 號下午 9 點）：哈哈，你的英文很正規，看上去好像寫信。你真的是單身嗎？感覺這個年齡的男人，不應該還在用這種交友軟件。

約瑟夫（2023 年 1 月 5 號下午 9 點 15 分）：嗯，我曾經有過一段即將進入婚姻的感情，但是因為種種因素，我們分手了，之後我一直沒遇到可以長期發展的對象，去年有嘗試過與一個人交往，大概半年後，她要去德國進修，我們二人對異地戀都沒信心，就和平分手，之後我便一直單身。

金月（2023 年 1 月 5 號下午 10 點 05 分）：看來你是受過情傷的人。有點好奇你的經歷，哈哈。

約瑟夫（2023 年 1 月 6 號早上 9 點半）：早上好，不好意思，昨天我已經睡了。很開心知道你對我的經歷感興趣。我想互相聆聽彼此的故事，也是交友的第一步吧。不過，我不太習慣在網上聊天，如果你願意的話，可以找個晚上，吃個晚餐，我將我的故事當面說給你聽。

金月懷疑過，約瑟夫是用這樣一種說法作為誘餌，將她約出來見面，喝酒，然後約去他家度過一晚，翌日便不再相識。她覺得軟件上的男人，大多都是這樣的套路。但也許因為他照片裏那股莫名的憂鬱，又加上他看上去真誠甚至迂腐的大段書面英文，讓她對他的真人有一種期待。於是她赴約了。

他們第一次見面是在金鐘的太古廣場。他約她去一家日本餐廳，但他遲了。不好意思，你先進去坐，我預約了位置，你報我的名字就可以，他給她留言。餐廳裝潢偏灰黑冷調，好像汶萊沉香。她觀察四周入座的食客。穿著西裝三件套的歐美男人，中年的，青年的，夾菜的瞬間，露出腕錶，指針反射精緻的光。穿著素色緞面職業裝的女人，古銅色的肌膚，頸間鑰匙形狀的 18K 金，隨著耳垂上的鑽石，如螢火蟲般閃爍。她喜歡看這樣精緻的男女，並自覺屬於其中一員。這是上中環商務區給她的幻夢。每每坐在其中，她就感覺短暫地步入上流社會，短暫地擁有一種流光溢彩的生活。約瑟夫從佈置著射燈的走廊裏走進來。他並沒穿西裝，也沒有穿相片裏的黑色襯衫，他穿了一件海藍底色的足球衫，快乾的面料輕薄，令他的胸肌在光影下現出輪廓，他站得筆挺，應該有一米八三，面頰比相片上看著窄一些，雙眸是咖啡色的。他對著金月淺淺一笑：不好意思，今天下午有跨國會議，晚了一點才到。

不用擔心，只要你告訴我，為什麼你穿足球衫上班，我就不生你氣啊，金月打趣道。我們每週五都有一個主題活動，每個同事都要穿上與主題相關的服飾，今天的主題是「夢想」，而我年幼時的夢想就是成為足球明星，約瑟夫老老實實解釋，同時他將桌上的菜單推給金月，你看看有什麼想吃的？

如所有的初次見面一樣，他們花了一些時間自我介紹。金月讓對方先說，這是她與人約會時的技巧，假若對方的故事令她覺得乏味，那麼她便不再交出自己，找個藉口離場。

原來約瑟夫是墨西哥與加拿大的混血兒，在美國加州成長，一直是學校足球隊隊員，但最終沒有加入任何專業的足球俱樂部。大學去了美術學院唸書，熱愛繪畫，畢業卻沒能成為藝術家，去了廣告公司做平面設計師，從此一直在這個領域發展，從設計師到創意總監。如今，他是一個國際廣告公司在香港分部的合夥人。

我的公司就在這附近，他說，所以我喜歡來這邊晚餐。

她在聆聽中逐漸幻想出一些流動的時光。熱辣的南美洲，海灘，棕櫚樹，吊床，赤腳的男孩在驕陽下奔跑。四周的房子逐漸整齊，如同小溪般乾淨的馬路，別墅的後花園，大片薰衣草，蹦蹦床，小草地，男孩們在踢著一個小小的彩色的球。球從海濱小鎮向上飛，飛過 Santa Monica 橘粉日落的海灘，飛過插著 Hollywood 字牌的山坡，飛過白宮，飛過自由女神像，飛過漫天無際的時而烏黑時而透亮的雲海，降落在一片如醉影般的霓虹，然後它幻變成人，穿過洶湧的人浪，經過皇后大道的玻璃幕牆，經過快速運轉的港島線列車，經過瀰漫著香薰味道的從金鐘地鐵站通往太古廣場的隧道，最終來到她面前。她覺得這很浪漫。她想起自己從小開始的漂泊，遷居，從北到南，像一顆蒲公英種子，從柔軟的家園裏脫落——自己與他的命運，有著某種無法言喻的相似。

那餐飯以後，金月與約瑟夫的關係發展得平穩又迅速。他好像一個規律的 AI，每天都在固定的時間問候她。早上好，我冥想了半小時，心情舒暢，現在已到公司，準備開會；午休時間到了，我準備去公司附近吃個便餐，今天想吃土耳其雞肉卷；終於下班了，今天下午很忙，跟一個瑞士的護膚品牌開會，他們想開拓亞太市場，以香港為中間窗口，面向大灣區。這是個大項目，從線上到線下，如果真的接下來，我的夥計們要加班了。你休息了嗎？ 要不要來我這裏吃個宵夜，或喝杯酒。

這是他們工作日的相處。到了週六，他喜歡約她去逛藝廊，H Queen's，那是他最愛的建築，在中環，隱藏在一座座時裝店舖之間。這一整棟樓裏面都是藝廊，大大小小的，各種各樣的展覽。而她喜歡帶他去看電影，從港島到九龍，油麻地的百老匯電影中心，選一套修復後的老電影，或是某個小眾的歐洲故事。週日，是他雷打不動的足球日。她去看過一次他的足球比賽，他與那些不同膚色的隊友，在冒著熱氣的草坪上來回奔跑，而她坐在石階上，感到一種被文火慢燉的平和。這也可以用來形容她與他的關係。她並沒做什麼，只是在接受他的安排，而那種細緻的，溫和的引領，又讓她不想拒絕。她尤其鍾意他的公寓，那是星街附近的一個老房子，兩居室，有陽台，方方正正，地中海風情的裝潢，藍藍白白，吊扇在頭頂旋轉，飄窗外是樹影，下樓便是山坡路，斜斜坐落著 café，藝廊，獨立品牌時裝店，她便將自己在佐敦租的一間臥室轉租出去，告別合租了兩年的室友，拎著三大箱行李，搬到了他的世界。

約瑟夫雖然不存在了，但他的公寓租約還沒到期，他一次性預付了一整年的房租，金月還可以在裏面繼續住下去，直到房東與她聯繫。起初，她以為生活沒什麼不同。上班，下班，練習瑜伽，泡澡，攤在沙發看電影——電影不怎麼看得進去，時常看了一點，就睏了，燈也不熄，牙也沒刷，就睡著了，醒來時覺得肚皮涼涼的，頭頂上的吊燈映著她獨自的影。沒有人再在身後擁著她了。有時她做夢，夢裏是約瑟夫與她一起在吃東西，聊起公司裏的同事八卦，或最近即將上映的某個電影，他說話慢慢的，一邊咀嚼沙拉裏的火箭菜，一邊聳聳肩，表達自己的觀點。然後她被他逗樂，笑起來，便醒了，醒來時想起他其實已經不存在了，心臟感到一陣突如其來的錐痛。她以為自己並不算真的愛他，只是貪戀他提供的某種不緊不慢的陪伴以及舒適的生活。她想起兒時看過的電影，《我左眼見到鬼》，她重溫了一次又一次，期盼約瑟夫也可以化作某個鬼魂，出現在她的陰陽眼裏，與她成為最好的朋友。她開始哭泣，淚水好像某種鏡面，反射出他棕色的胸懷，穿梭在浴室與陽台之間，將潮濕的衣服掛在晾衣杆上，拉開冰箱門，問她要不要喝一杯 gin tonic。那種來回搖晃的身影，逐漸成了小小的黑蚊，時不時從她眼眸裏閃過。她開始後悔，如果她對他回應得更熱烈一些，是不是他已經如他曾提出過的那樣，帶她去加州探望過他的家人，並度假一個月——那麼他也許就不會在那個星期五的傍晚，獨自一人回到家中，因為一口氣喘不上來而猝死。他的肺裏有血栓，他和她都不知道。她後悔對他有所保留。

在某個連續陰雨又忽然放晴的午後，金月從渾濁的睡夢中醒來，她就躺在地板上睡著了，陽光透過飄窗，將皮膚曬得起了紅疹。下一秒，她彷彿感到他的手指塗抹了藥膏，為她紅腫的胳膊，一點點按摩。她忽然厭惡了自己對他的想念，她站起來，扯下掛在牆上的相框，剪碎二人的合影，將他的衣物從櫃子裏扔出來。他是個對顏色有著固定喜好的男人，灰的，黑的，藍的，風衣，大衣，足球衫，襯衫，她看到有什麼東西從疊在一起的褲子裏跌落，一個小小的照片，拍立得，落在地面。她撿起來一看，是合影，他摟著一個女人，他的臉看起來比金月記憶中的圓潤一些，而懷裏的女人，有著金色的爆炸鬈髮，下巴尖尖，虎牙在笑容裏露出來，他穿著金月從未見過的白色西裝，而那女人穿著鑲滿亮片的吊帶裙，他們身後是一幅幾乎佔滿整堵牆的畫，抽象的，一片漸變的金黃。她將照片反轉過來，背面有字，一串英文，她看得出這是約瑟夫的筆跡，翻譯過來是：和我最愛的麥琪寶貝，在 H Queen's，2018 年 7 月 2 號。

金月不確定這個照片是從哪裏掉出來的，也許是某一件外套的口袋裏。也許它一直都被藏在櫃子的角落裏，或者他的心裏。她對著這個相片發呆，一不小心就到了夜晚——儘管她一直以為自己被男人在情感上的分心訓練出了一種麻木。她十五歲的時候夢見過初戀男友的出軌，不久他就真的和隔壁班的女同學走在了一起。大學時她因為一些瑣事與男友分手，不久就有一個女生在 Instagram 上加她好友，直覺告訴她這是男友一直偷偷曖昧的對象，幾個月以後，他們果然成為新的一對。工作時她暗戀自己的上司，一次加班後的夜晚，他向她表白，我鍾意你，他吻她，然後又說，但我有老婆，我不知道該怎麼辦。後來她逐漸對男人的花心視而不見，最好不要去思考，不要去調查，與他們保持一種若有似無的隔閡，受傷的就不再是自己。如今這層夾在她與約瑟夫之間的隔閡出現了，強烈的第六感告訴她，這就是他忘不掉的那段情。

你有什麼不能忘記的感情經歷？你說給我聽聽，也許我可以教教你如何遺忘，金月對約瑟夫說。那是他們的第二次約會，在大館一家以監獄為主題的酒吧裏。

就像我跟你說的那樣，我曾有過一段很長時間的認真發展的關係，我和她都認為彼此是廝守終身的對象，可是最後我們無法結婚，約瑟夫說。她看著他，覺得他微微皺起了眉頭，一段往事流過那裏。在他年輕的時候，大概二十六七歲，一個女孩走入了他的生活。那是來自香港的女孩，在加州讀 MFA，並進入他的公司實習。他們聊得來，談電影，藝術，設計，他想象她獨自一人在異國的感受，莫名想要陪伴她，保護她，照顧她，好像一棵永遠立在她身後的棕櫚樹，樹葉為她剪碎豔陽毒辣的攻擊。

她在美國讀了三年研究生，那是我與她在一起最開心的三年，他說，唯一難熬的是她的假期，她回香港陪伴家人，我只能一個人獨自留在美國，那種牽掛，隔著時差，你能想象嗎？

你真的那麼想她，跟她一起回香港就好呀，金月反駁。

她不讓，她說她的家庭很傳統，不喜歡她跟外國人拍拖，約瑟夫說。後來，她嘗試在美國工作，並不順心，簽證很難拿下來，她不確定是不是要繼續留在美國，她的家人催她回去，我當然不想她走，可是我也不想她為了我焦慮，就在這個時候，有一個機會，公司要開拓亞太地區，需要有人去東京、上海、香港這三個地方開拓新分部，這真的很戲劇化，對吧？ 但人生就是如此，我把握住了這個機會，主動跟公司申請調去香港工作，就這樣，我跟她一起來到這個城市。

起初，我們是很開心的。只是，每一次她回家，再見到我，面色就會很憂鬱，她說，她擔心她的媽媽不讓我們在一起。那時我覺得不可能，因為我對自己有信心，我就說，那我們就一起去你家吃飯，拜訪你的媽媽。但是我想不到，她的媽媽一見到我就很煩躁，我說什麼她都反駁，並喜歡叫我「鬼佬」。這稱呼我不喜歡，心裏不舒服，但我沒說什麼，畢竟那是她的媽媽。但是她似乎也被媽媽影響，見到我，就會說出一大堆對於未來的擔憂，什麼文化差異，身份，背景，之類的。我也不懂，她為什麼會如此悲觀。但我還是安慰她，我說，我們會好好的。可是她越來越不願見我，因為她說每次與我見面，回家都會跟媽媽吵架。到後來，我也覺得很辛苦，一切的堅持似乎沒有意義。我就說，要不要你跟我回加州，我跟你結婚，你就有簽證，可以留在美國。她又說無法割捨她在香港的家人。那時我見她真的很痛苦，於是我做了一個決定，我跟她說，那分手吧，也許你離開我，會過得更幸福。

就這樣嗎？金月問，然後你們就再也沒有聯繫過？

沒有了，約瑟夫回答，不過有一次，我在地鐵站碰見她的弟弟，我就去問他，她過得怎樣？他看上去很生我的氣，讓我不要再去打擾她，因為我的事情，她曾經很抑鬱，也和媽媽鬧得很僵。不過最後，他告訴我，她已經有了新生活。我想，那她應該是找到了幸福吧。

就在那個瞬間，金月對眼前的男人感到心疼。她將自己代入他，無法想象一段情感被外人生生剝奪的感受。她帶著這樣一種想要穿過時光去安撫他傷口的心情，決定與他交往，但隨著感情的一點點付出，她又忍不住懷疑約瑟夫的敘述，現在什麼年代了，還會有母親如此干涉女兒的婚姻？還會有香港人不喜歡外國女婿？

真的還是假的？她時不時追問約瑟夫，而他總是一副坦誠得無所畏懼的樣子，是真的，他說。

每當這時，她的心裏又多了一重失落——似乎她期盼他騙了她。因為，如果這件事是真的，那麼他是為了一個女人才來到香港，而這個女人並不是她。他真的有可能忘記這樣一個深愛過的女人嗎？他與她相處的種種習慣、喜好，又有多少是來自於那個女人對他的烙印呢？有過如此刻骨銘心愛情的男人，真的還有真心可以繼續付出嗎？她不確定，所以她對他保持一種若有似無的無所謂，營造一副他對她熱烈追逐，而她平淡回應的假象。

然而，此刻，金月看著這個彷彿從時光隧道裏跌落到她面前的相片，覺得曾經的懷疑是沒錯的，她甚至應該早一點採取行動，例如檢查他的抽屜，錢包，社交媒體裏的聊天記錄。她沒有這樣做，因為過往的經驗告訴她，這樣的偏執，其實暴露了自己的佔有慾，越是如此，對方就越是得意。所以她與他保持著一段距離。她曾經以為還有很多時間去佈局這段關係，但是他離開了，她後悔了。而他卻是成功地溫水煮青蛙，給她留下種種細微的習慣，令她失去了他便產生被截肢般的幻痛。她決定去尋找麥琪。這是一種分散痛苦的方式吧。同時，她也要看看，到底是什麼樣的女人，可以令那個冷靜、自律，甚至機械的男人，瘋狂地從大洋彼岸追到香港，然後又忍痛放手，悄然孤單多年。而這個女人，在狠心丟下他的多年時光裏，又過著怎樣的生活？她有沒有過一絲害了他的內疚？ 她一定要找到她，將他的死訊帶給她。痛苦不應該只有她一個人承擔。

尋找一個人，對於金月來講並不是難事。她擅長在社交媒體上進行搜索。這是她很早就熱衷的遊戲。窺探一個人在網上的蛛絲馬跡，便能拼湊出對方在過往時刻的模樣。她反覆輸入麥琪的姓名，加上不同的關鍵詞：香港，美國，約瑟夫，H Queen's，藝術，畫廊。在各種各樣的碎片信息裏，她想打撈出一個與她的想象符合的形象。

——家姐返香港啦，好多美國手信啊。金月捕捉到了這個 Facebook 帖文，發佈時間 2018 年，發佈者叫做麥克。當然這都不是重點，重點是文字裏標註了另一個人的主頁連結——麥琪。

金月馬上點擊進去，看到了麥琪的最新頭像：爆炸頭沒有了，換成齊胸的羊毛鬈髮，依然是尖下巴和虎牙，在對著鏡頭發光。

她開始閱讀這個麥琪的個人主頁，可以得到的信息不多，很明顯，她的個人主頁已經被設置過了隱私許可權，相冊無法查看，日記無法查看，只有一些公開可見的打卡信息，例如，2016 年，去過紐約大都會博物館，2017 年，去過加州迪士尼樂園，2018 年，去過坎昆。僅僅通過這些文字，金月的腦海裏已經開始放映麥琪與約瑟夫相處的畫面。他戴著米奇老鼠的帽子，將這個露著虎牙的女孩公主抱，在夜晚的煙花下，旋轉，親吻。而這種熱烈的方式，他從未對她使用過，她感到一種近乎憤怒的嫉妒。然而這些情緒於事無補，她根本探索不到有關麥琪當前生活的絲毫軌跡，也許，麥琪從 2019 年以後就不再發佈公開的動態——她在躲避約瑟夫嗎？就在她準備關閉頁面的時候，那段來自麥克的文字，再次提醒了她。她趕緊跳轉去麥克的個人主頁，一些未被隱藏的個人信息，撲面而來：

男，出生於 1990 年 9 月 8 號，畢業於香港城市大學，曾就職於海港城。她複製粘貼這些關鍵信息，轉戰到 LinkedIn 進行搜索，這一次，順利跳出相關人員的主頁。

麥克，在 2016 年至 2018 年就職於海港城，是市場部行銷助理，2018 年至 2020 年就職於好景酒店，是市場部初級主任，而從 2020 年至今，他就職於 APC 市場諮詢公司，擔任資深顧問。

她看著他的頭像。他戴著黑框眼鏡，頭髮短而乾淨，臉型偏長，對著鏡頭微微一笑，露出和他姐姐一樣的虎牙。

金月找到了 APC 市場諮詢公司的辦公大樓，就在灣仔，距離自己一公里的地方，跨越一個天橋，再經過兩個街口便到了。她覺得香港的確是很小，商務大樓都聚集在同一片範圍裏。她曾在某一份工作的公司樓下，碰見在大學時期的男朋友，他隔著馬路呼喚她的名字，興沖沖跑過來，與她相擁。那時他穿著一個粉色圍裙，手裏拿著為某個餐館派發的傳單，而她穿著一套米色職業裝，只是下樓為上司買包煙，就要趕上去繼續開會。曾經這個令她傷心的、在大學裏學習表演的帥氣男孩，一畢業就失去光芒，甚至令她窘迫到想要抹去所有與他相關的回憶。香港就是這樣小，小到不允許情感的長期駐留，它不得不快速流轉，移動，否則會在逼仄的空間裏窒息。

她開始在麥克的公司樓下等待。起初只是利用上班前的半個小時，以及午休中的時間。穿著類似服裝的男女來來往往，她的目光逐一掃過他們，好像在練習火眼金睛。後來，她乾脆請了三天年假，打算從早到晚蹲守在那個大樓底下，她不相信這樣還會漏過麥克。她想起多年前的往事，在十三歲的時候，她與一個比自己大一屆的男生成為筆友，對方寄來照片，與她相約出遊，並奪走了她的初吻，就在她幼稚地認為這個人是她的白馬王子，將會與她地久天長時，他不再回信，也不再接聽她站在公用電話亭給他打去的電話。但她知道他在哪個學校，於是她蹺課，坐地鐵，穿越大半個城市，來到他的校門口。她就站在那裏等，從中午午休，到傍晚放學，她從不斷湧動的人潮裏，捕捉到了那朵令她心驚肉跳的浪花。她衝過去，拽住他的校服袖子，然後他回頭，驚愕，轉而若無其事地笑了一下，說，你怎麼來了？ 他身邊的男同學似乎看出端倪，發出一陣狼嚎似的哄笑。那一刻，她自覺好像一個小丑。

麥克來了，她看到他了，他獨自一人走著，走得很快，眉頭緊縮，也許是快要遲到了，手裏握著一個尚未開包的三文治。

她走過去，擋住他。

麥克？ 她問。

他愣了一下，看著她：

你是哪位？

你是麥琪的弟弟，對嗎？ 她追問。

他不置可否，上下打量眼前的女人，並警覺地向後退了一步。

你是麥琪的朋友？他反問。

你認識約瑟夫嗎？

誰？

她從口袋裏摸出那張拍立得，遞到麥克面前：

約瑟夫，你姐姐的前男友。

與她想象的各種情況都不同，麥克並沒有被相片嚇一跳，也沒有忽然暴怒，叫她不要再來騷擾他的姐姐，他只是瞥了那相片一眼，然後露出不耐煩的神情。

她男朋友很多啊，我怎麼知道是哪個？你找我到底有什麼事？我趕時間。

這次輪到金月尷尬了。她幻想了很多次，如果麥琪曾因為約瑟夫而與家人鬧僵，那麼她的弟弟，聽到約瑟夫的名字，一定會有所反應。但是他的輕描淡寫，反而令金月無從下手。

你不知道嗎，你姐姐曾經談了一個外國男朋友，然後你媽媽反對，拆散了他們。現在，這個男人死了。她說。這些句子從她嘴裏冒出來，忽然令她覺得滑稽。

麥克搖頭。

這是什麼惡作劇嗎？他跑到金月身後，四處張望，是不是我姐讓你來整蠱我？說著，他掏出手機，開始輸入電話號碼。

你幹什麼？

我打給我姐啊。搞什麼鬼。

就在他將手機靠近耳邊的瞬間，金月知道真相距離自己只有一步之遙，但她忽然失去了勇氣，害怕得到的結果與她從約瑟夫那裏聽來的截然不同，那麼她一直以來沉浸其中的只是一個謊言。那麼約瑟夫又是誰，他是否真的有過一段令他難忘的感情？還是說那只是他編造的故事，以此吸引在網上剛剛認識的女孩？可是無論怎樣，他已經在她的生活裏留下了痕跡。她閉上眼睛，就能看到他躺在地板上，面色蒼白，嘴唇緊閉，她觸摸他的身體，那是一種比心碎更冷的感覺。

喂？她聽到麥克已經開始對話。

她趕緊捂住耳朵，轉身，以一種逃亡的姿態與他背向而馳。

（發表於《芳草》2024 年第 5 期）

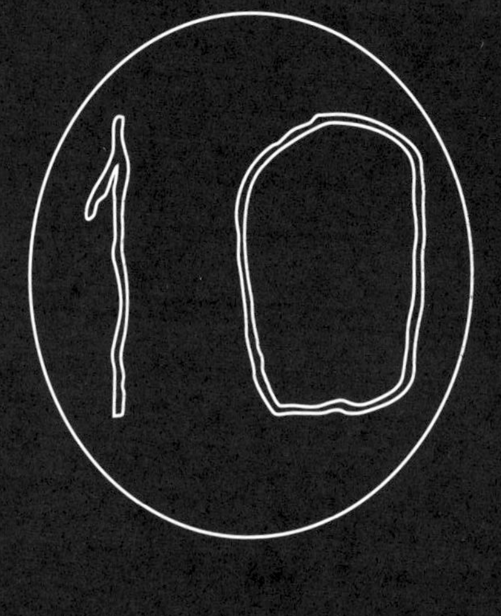

如沐愛河

一

青少年帆船比賽開始，水手們陸續登船出海，美涯灣遊艇會的花園酒吧空了下來。

一個黝黑女人坐在木椅上，馬尾辮被身後風扇吹散，穿鬆垮褪色的居家服，腳邊趴著一隻白汪汪的小泰迪，牠毛髮長，在潮濕悶熱的空氣裏大力喘息。

海莉走進來，望了望吧台，那裏只有一個夥計正在擦洗啤酒杯。她感到失落，朝女人和泰迪走過去。

狗狗，狗狗，她對著泰迪呼喚，蹲下來，撫摸牠。想不到牠一下子鑽進海莉懷裏，散發出一股長期不洗澡而積累的氣味。好聰明的狗狗呀，海莉抬頭對那黝黑女人說，但對方似乎沒有聽懂，露出一口黃牙，禮貌微笑。

餐廳外面，艾麗斯熄了車，從後座牽出一條京巴，牠和她一樣，體脂過多，走起路來腰臀搖晃。她牽著牠，徑直朝花園餐廳走去。

餐廳裏仍沒食客，桌椅兀自横在太陽傘下，歐美流行歌曲在空中迴盪。艾麗斯朝著那椅上的黝黑女人揮手——那是她家的女傭，菲律賓人，叫做瑪利亞。瑪利亞連忙起身，迎過去，牽過艾麗斯手中的狗繩。

海莉並沒留意到艾麗斯的入場，只是覺得懷中那團溫熱興奮起來，一直掙扎扭頭——直到艾麗斯走到海莉面前，泰迪發出一聲輕快吠叫，尾巴大幅搖擺。

Sasa 乖啊，Sasa 乖，艾麗斯撫摸著泰迪臉龐，並對海莉介紹，牠好聰明的，每次回家見到我，都會給我拿拖鞋。

海莉看著眼前的女人，金黃頭髮盤在腦門頂，露出方型額頭，牙齒大，鼻頭大，揚起嘴角的動作緩慢愚鈍。她虎背熊腰，穿一件彩虹色的快乾 T 恤，牛仔短褲下露出焦黃色雙腿，踩一雙高跟人字拖，腳腕與腳背之間有一圈明顯的曬痕。

你特地帶狗狗來看比賽嗎？海莉說，水手們都出發了，到下午三點多才會回來。

我兒子也在參賽呢，艾麗斯說，他很喜歡玩帆船，這已經是第三次參加你們遊艇會搞的比賽了。

哦，原來是這樣，海莉加強微笑，盡力讓自己的聲音聽起來充滿喜悅，所以你們也住在西貢嗎？

不，艾麗斯說，我們住港島。

啊，那很遠。

是啊，所以我們在 MW 酒店開了房間，就不用來回來去跑。

那酒店很美，我住在西貢好幾年，都還沒去過。

海莉感到腿邊一團溫熱，原來是另一個京巴狗也跑來撒嬌。

牠叫 Kaka，是 Sasa 的男朋友，艾麗斯介紹。

養狗很好，我也想養，海莉一邊抱著 Sasa，一邊彎下身來摸 Kaka 的頭，也許是因為太熱，兩條狗都在對著海莉喘氣，口水的腥臭令她屏住呼吸。

那你要考慮加入我們遊艇會做會員嗎？反正你兒子喜歡來這裏參賽。海莉輕聲問。

是有考慮過，但是離我家太遠，而且我已經是皇家遊艇會的會員。

那很厲害，海莉說，那家遊艇會在銅鑼灣，感覺比我們這裏要大好幾倍。

艾麗斯沒有接茬。她擰過臉對著風扇，透過飛速旋轉的空氣，她看到遠處的海，五顏六色的風帆，好像落葉一般，在雲下靜止般地移動。她不確定她的兒子此刻在哪。

歐文從餐廳二樓小跑下來，端著一杯加了冰塊的摩卡，咖啡色液體上浮著一層奶油。他經過吧台，夥計跟他打招呼，但他沒理會，徑直朝著海莉的背影疾走。

海莉還想繼續說些什麼，但她餘光已經瞥見歐文，她故意低下頭來與 Sasa 互動，像抱著嬰兒似的，拍拍牠柔軟的後背。

熱不熱？ 歐文問候海莉，將冰鎮咖啡貼了貼她發燙的胳膊，見她沒反應，只好將杯子放在桌上，又從兜裏拿出一個薄荷綠的塑膠瓶，防蟲水也放在這裏了，你記得用啊，他說，你看你大腿都被蟲子咬紅了。

海莉不看歐文，但保持微笑，對著小狗說，Sasa 親親，親親。小狗果真仰起腦袋，伸出舌頭飛快地舔了舔海莉的鼻子。

你快放下牠，歐文湊過來，你這樣抱牠，牠很熱的。

海莉換了個方向，背對歐文，繼續對 Sasa 說，親親，親親。

這一回，Sasa 沒有理會海莉，將頭側到歐文那邊。

你看，狗狗不喜歡你，歐文藉機打趣，並伸長胳膊，一把就將 Sasa 從海莉懷裏搶過來。

你抱的方法不對，歐文說，他將 Sasa 的屁股抬高一點，再放入臂彎裏。要這樣兜住牠，牠才舒服呢。

海莉懷裏那團溫熱一下子消失，只有一片濕濕的汗，她抄起冰鎮咖啡，猛喝一大口，冰涼一股腦滑入喉嚨。

你怎麼沒有出海？我看你們部門的那些人都上船去觀賽了。歐文抱著 Sasa 對海莉背影發問。

我暈船啊，你忘了嗎？ 海莉心裏這樣想，但是故意不回答。儘管她用後腦勺對著歐文，眼前依然能放映出前一晚他對她發怒時的模樣。

那我中午找你吃飯？歐文追問，但仍不見海莉回話，只好將 Sasa 放到地上，進入吧台，順著樓梯爬回二樓。

海莉看著他遠去的背影，那肩膀寬厚，腰身粗壯，走起路來有一點點高低肩，她想象著這個背影在餐廳二樓穿梭，迎接會員，傳遞功能表，手指飛快在點單螢幕上跳躍，將盛滿剩菜的大圓西餐盤端起，放置到廚房裏的水盆，她恍惚覺得這人與自己毫不相關。

那是你同事？艾麗斯問。不知何時，她已抱起 Sasa，站在海莉身後。

哦，對，他是餐廳經理，海莉說。

我也許見過他。上次帶我兒子來參賽，我想拿點喝的，有個男人，特別溫柔，特別高大，細聲問我，需不需要加冰。也許就是剛剛那個人。

海莉沒有回應。

有一群人影從外面晃了進來，是從海上回來的同事。他們嘰嘰喳喳在吧台前聊天，分享剛剛在海面所見的盛況。

艾麗斯望著那群人，想要再繼續與海莉閒聊，打聽她在這遊艇會工作的情況，但海莉已經搶先離去，她看著那個瘦小年輕的身影，逐漸融入到吧台邊的熱鬧裏，想象自己成了一團龐大的烏雲。

下午三點多，水手們逐漸從海上回來。碼頭的五彩帳篷下人來人往。海莉看著那些尚未成年的瘦小身影，揹著厚厚的救生夾克，甩著濕漉漉的頭髮，好似小鳥般跳躍著向她飛來。

找到你的名字，把你的 GPS 放到盒子裏，然後簽名離開，海莉對每一個年輕的水手說。一雙雙青澀的沾滿海水的手，熟練地將索帶取下，將定位器從防水袋裏拿出來。一些家長擁在他們身旁拍照，錄像，彷彿孩子的每一個舉動都可能成為日後輝煌的證據。海莉餘光瞥著那些成年人的驕傲，覺得那是一種盲目相信未來的愚蠢。誰知道過幾天會不會世界末日，人類毀滅，地球消失呢？

3899，傑克布，一個男孩湊近來自報姓名，海水經過他的手指滴在名單上。他起碼有一米七，瘦得好像一個竹竿，儘管面頰起了一片紅紅的曬傷，但看得出原本的皮膚白皙過人，沒表情，冷靜而無禮地簽名，連話也不說就轉身離去，毫不避諱其他家長的鏡頭。好像一個吸血鬼啊，海莉想，就是《暮光之城》裏的那個男主角，不過，這些「一零後」小朋友，早就不知道《暮光之城》是什麼東西了吧。

一個身影從側面靠近，帶來一股茉莉花的洗衣粉味道，一杯彩虹色特飲被放在海莉手邊。她知道那是歐文來了，但她故意不看他。

快喝，我給你特製的，裏面加了紅糖，歐文在海莉耳邊說。

喂，給我也來杯這個，海莉旁邊的同事打趣。

你就算了吧，歐文壞笑著擺手，轉身疾步消失在人群裏。海莉知道，他又要回餐廳忙活。她可以想象出來，那個燈光昏黃曖昧，以橄欖綠為基調的復古美式空間裏，此刻聚滿了遊艇會會員及其後代。那些夫妻說著夾帶不同口音的英文，倫敦的，蘇格蘭的，澳大利亞的，菲律賓的，新加坡的，他們互相彙報各自孩子在帆船比賽裏取得的成績，分享寵物最新的造型、即將前往的小眾旅行地、對於香港取消「印花稅」後的房市預估，而那些剛剛還穿著救生衣的小小水手，早已從更衣室裏出來，洗了澡，吹乾了頭，換上那些有點早熟的抹胸連衣裙，印著 Tommy Hilfiger 或 Ralph Lauren 的 T 恤，在可以眺望美滙灣日落海景的落地窗前，玩 iPad，按手機。那些穿著潔白制服的服務員為尊貴的小嘉賓獻上餐巾和氣泡水。歐文呢？海莉想，他大概站在吧台的柱子後面，面帶雕塑般的微笑，迎接每一個熟悉的會員丟來的問候和話題，餘光盯著那些不太能幹的夥計，在關鍵時刻趕過去救場。

叮叮，叮叮，海莉的手機忽然響起。

是歐文發來信息：快看你右上角。

海莉抬頭，看到歐文站在餐廳二樓的陽台，他對她比心，如果是以前，她會笑，但此刻她覺得好像在看一齣莫名其妙的木偶戲。

太陽快落山時，林雁在沙發上醒來，她半邊胳膊被夕陽曬得發燙，胸口一陣疼。她夢見自己走在家對面的超市裏，身邊是丈夫，他和往常一樣，左手拎著一袋大西瓜，右手扛著一箱飲料。醒來她看向門邊，丈夫的遺像在櫃子上，黑白色的他，彷彿剛剛從夢裏出來，對著她憨笑。

叮咚叮咚，叮咚叮咚，門鈴響了。林雁趕緊爬起來，抹掉滿臉淚水，扯起笑容，小跑著過去開門。

海莉站在門口。媽我回來啦，她對林雁說，甩掉波鞋，踩進門，轉臉對櫃子上的遺像說，爸我回來啦，隨後抽出三根香，點燃，對著遺像鞠躬三次，將香插入爐中。林雁在一旁，順手點亮香爐邊的電子蠟燭。

今天還好嗎？ 林雁問，她走近廚房，從冰箱裏端出一盤芒果片，擱在客廳餐桌，拉開椅子坐下。

人超多的，現在有這麼多小孩學帆船嗎？太可怕了，海莉說。她在廁所洗了手臉出來，甩掉快乾 T 恤，只穿一件運動內衣，坐在林雁對面，用牙籤插起芒果吃。

是啊，你忘了嗎，你小時候，學鋼琴，學跳舞，學吉他，學長笛。

但我還是成長為一個平平無奇的上班族，不是嗎？ 海莉這樣想，但沒有說出來。

對了，收到了一些信。林雁從抽屜裏拿出幾個信封。海莉一一拆開，分別是物業管理費，水費，電費，煤氣費。她拿出手機，對著繳費二維碼逐一掃描，支付成功。

房貸交了嗎？

交了，我一收到工資就轉了兩萬二過去。

現在沒辦法，你爸不在，我們還是要把這個房子撐下去，不能讓其他人看扁我們母女兩個。

那肯定的。海莉說，媽媽吃芒果呀，很甜的。林雁笑了笑，低下頭。

海莉看著眼前這個女人，一茬又一茬的白髮從她腦門頂冒出來。乾枯的，粗糙的，好像萎草。她胖，咀嚼芒果的時候，咬肌在顴骨下垂墜，慢慢地，緩緩地，把每一片芒果都當成工作在消化。而海莉覺得這一切也許不是真實。因為明明九十多天以前，對面這個女人還是紫紅色波波頭，每一口呼吸都帶著小鳥般的雀躍，比普通蘋果肌更飽滿的顴骨，以及彎彎媚媚的雙眼，令她看起來總是在笑。這是你姐姐嗎？品牌店裏的銷售員總是這樣詢問海莉。那時候的生活不需要憂愁。還有更遠一點的時光，二十歲出頭，下班就去港島酒吧裏跳舞，一天六個小時泡在百老匯電影院裏的週末，因為賭氣而遞交辭職信，賦閒幾個月在家畫畫，寫詩，拍視頻，學滑板。做你喜歡做的事情就好，她的爸爸對她說。他在不遠不近的半空裏，用一種預言家的姿態為她鋪好後路。然而此刻，她望著眼前一夜白頭的女人，還有身後黑白相框裏的男人，那個溫柔的金錢罩破滅，她跌落到現實裏，這才發現，自己已經三十歲，每個月還存不下一點錢。

叮叮，叮叮，海莉的電話再次響起，嚇了林雁一跳。

海莉看了一眼螢幕，是歐文打來的，她按了靜音。

怎麼不接呢？林雁問。

他還沒有跟我道歉，海莉說。

哦，早點洗澡休息，明天你還要加班對吧？

嗯。

忙吧，忙起來，可以忘記憂傷。媽媽也想忙，只是媽媽現在不知道該做什麼，以前幫你爸爸打理生意，生活好充實，後來他病了，我就照顧他，日子還是過得蠻快⋯⋯林雁感覺自己又要哭了，她在嘴角向下撇的瞬間及時止住發聲。去洗澡吧，她微笑著對海莉說。

那你看看電視，最近有個新的懸疑劇，兩個女的，為了一個男的互相視姦了十多年，好像蠻好看的。海莉岔開話題。這是她從朋友那裏學到的：一定不要跟媽媽提起任何有關爸爸的事情，能迴避就迴避，否則只會令其越來越傷心。那個朋友其實跟她不熟，是個從北方來香港發展的理科男，他們在一次新移民聚會上相識，他約她出去玩過一兩次，後來突然失去聯繫，再後來她從共同好友嘴裏得知，他的爸爸在老家忽然病逝。她約他吃飯，問他是否還好，他說前陣子回了家鄉，那個天寒地凍的十八線小鎮，爸爸死在他懷裏，他頓時覺得人生其實沒什麼意義。那時她對他的遭遇好奇多過同情。那麼年輕就沒有了爸爸，她想，那是怎樣的感受。而當她搭乘最快的一班高鐵，從香港衝刺回廣州，在空蕩而寧靜的私家醫院走廊裏狂奔，最終見到爸爸躺在急救室，他腫得很厲害，圓圓光頭好像一尊佛，雙眼緊閉，嘴裏插著管，機械的控制令他胸脯起伏發出人造的喘息。她握著他的手，被針管反覆穿插而腫成豬蹄的手，她知道她將永遠失去爸爸，而爸爸一句話也沒給她留——直到那一刻，她才理解朋友所說的，「人生其實沒什麼意義」。她便再聯繫他。我懂你說的那些話了，她說，因為我爸爸前幾天也病逝了。不久，朋友回覆她：節哀，你要堅強，好好照顧你媽媽，我的媽媽在新冠那年也離開我了，我已經是孤兒了。

二

翌日早上，海莉坐車去遊艇會，環島小巴途經她家樓下，穿梭在兩岸生長著密林的山路。不出十分鐘，遠望到一汪無盡的瓷盤海，其上擺著船形茶寵。海莉在這站下車。她遲到了，水手簽到處已經擠滿人。撥開人浪，她重複昨天的工作。

找到你的名字，簽到，然後拿走與你編碼相同的 GPS。

她說。但是眼前的畫面沒有真正進入腦海。她感覺心臟有一種被小火燜燉的痛覺。臨醒的夢裏，她和歐文繼續爭吵。他的臉下垂，令原本就發腮的下巴更加方正，好像童年記憶裏貼在木門上的凶神。有一種被他從雲端推入谷底的恐慌。他們在電梯口分別，走廊裏，多了一張急救床，上面躺著一個人，她看不到，但猜測那是屍體。她心驚驚跑到家門口，按門鈴，是爸爸開門。爸爸穿著淺藍色睡袍，像以前那樣從客廳溫暖的燈光裏走出來，雖然笑著，川字紋依然深刻，笑也嚴肅。這麼晚才回來，你又錯過養心的黃金時段，快點去洗澡。然後她便醒了。醒來淚流滿面。爸爸在的時候，她覺得很煩，他總是對她懶散的作息感到不滿，但這是年輕人的自由，她那時這樣反駁。此刻，她有點懷念爸爸的批評，不會再有人在意她的睡眠。她心臟開始疼痛。

歐文穿過人群，拎著一個麵包，走向海莉。

快吃了，不然你又要胃痛，他將麵包放在海莉面前。

海莉沒有理會。她繼續為眼前的水手簽到。高峰期已過，只剩零星幾個遲到者。很快，這裏又將恢復長達數小時的寧靜和空洞。

要喝咖啡嗎，給你搞一杯凍摩卡？ 歐文沒有放棄。他那副什麼都沒有發生過的平和表情，溫柔的語調，微微低頭的服務者姿態，都令海莉感到不快，她知道他想要用這種方式蒙混過關，讓她沒有機會再提起前一晚他對她突然爆發的傷害。

那我等一下就拿給你，歐文自顧自地說，轉個頭回到人群中，爬到二樓餐廳去了。

艾麗斯目送兒子登上小帆船，獨自操弄著繩索，在海中飄然遠去，她轉身，下了浮橋，經過停泊船隻的碼頭，回到昨日歇息的花園酒吧，等待丈夫來與自己會合。她瞥見對面的紅色帳篷，一個熟悉的身影坐在下面，正發呆似的對著空氣——是海莉，她朝那邊走過去。

你今天怎麼又來了？ 週六日兩天都不休息啊？ 艾麗斯跟海莉搭訕。

是啊，明天可以補休。

艾麗斯眼神飄到海莉手下的簽到表，密密麻麻的英文名裏，她一眼就認出了兒子的字跡，在倒數第二行。

這是我兒子。她指給海莉看。

哦，我看看。海莉根據那個漂亮得彷彿印刷體的簽名，在記憶中回想與之相關的面孔——傑克布，那個沉默的吸血鬼。

我記得他，海莉說，他幾歲啊？好高啊。

他昨天拿了第一名。

哇，這麼棒？

很煩的，他做什麼都要追求第一名。

是不是你對他要求太高？

沒有，都是他自己要求自己，如果考試只有九十九分，他就要發脾氣，砸東西。

砸東西不是好習慣，但他很優秀。

沒辦法，就是追求完美，這次比賽也是的，他每天都早上五點多爬起來練習，攔都攔不住。

那以後你有福了。有這樣的孩子，家長是最開心的。海莉這樣說的時候，她再次想起爸爸，爸爸是因為我不夠優秀，所以鬱悶生疾了嗎？她感到一股刺痛湧上雙眼，趕緊伸手揉去。

唐納德從車子裏下來，根據艾麗斯發送的導航，過馬路，進入美涯灣遊艇會，方正的園地上，擺著五顏六色的帳篷，下面擺放著桌子，椅子，有的桌面上兜售海上用品，有的兜售防曬用品，銷售員坐在椅子上。幾乎沒有購物者，只有一些遲到的小水手，穿著出海套裝，急匆匆從他面前跑過。蕭條景象與他想象的不一樣。看來香港人果真一到週末都去深圳消費了。

他看了看地圖，目的地就在路盡頭，那個紅色的帳篷，他看到妻子渾圓的背影，叉著腰，與坐在桌邊的年輕女孩閒聊，他搖搖擺擺走過去。女人們忽然爆發的笑聲令他好奇，他笑嘻嘻站在桌邊，既沒有跟艾麗斯打招呼，也沒有對海莉自我介紹，只是一副自來熟的姿態，聽她們兩個說話。很快他就聽明白了，艾麗斯在誇耀他們的兒子傑克布。

傑克布昨天拿了第一名，唐納德忽然插嘴，強行打斷艾麗斯的發言，就看今天的表現。他一邊說一邊笑，圓圓的鼻頭發出呼嚕嚕的微響。

我知道呀，剛剛聽說了，真的好厲害，海莉轉臉應酬他，猜測他與身邊女人的關係。他比她矮半個頭，只有她一半那麼胖，笑容堆到了顴骨上。頭髮過於蓬鬆而顯得稀疏，隨著他的笑呵呵在頭頂抖動。

玩什麼都要拿第一，玩遊戲都要上排行榜，有時要玩通宵，打斷他他就砸東西，電腦，手機，iPad，被他砸壞了好幾部。沒那麼誇張，艾麗斯打斷唐納德。她拽住他揮舞在空中的手掌，緊緊的，大力的，親密強硬的動作，讓海莉可以確認他們是夫妻。

他就是這樣，什麼話都不聽，覺得自己比誰都厲害，不喜歡跟同齡人一起玩。唐納德繼續說，他笑得很燦爛。

他是比較早熟，艾麗斯說，去年給他過十歲生日，他跟我說，媽咪，能不能不要把我班上那些同學請來？他們好吵好幼稚。

那後來請了什麼人呢？海莉好奇。

請了他的幾個老師，還有幾個在圍棋比賽裏認識的哥哥姐姐。他就是喜歡跟比自己年紀大的人一起玩……如果不同意，他就要砸東西，沒辦法。唐納德強調。

我們去個洗手間。艾麗斯話鋒一轉。

就在那邊，海莉給她指路。艾麗斯扯著唐納德過去了。

歐文從餐廳後門出來，與唐納德擦肩而過，他對這個男人的笑臉毫無記憶——應該不是會員，既然如此，他也沒有必要獻出自己的奉承，面無表情地疾步經過，直到望見海莉，他調整出柔軟的狀態。

你的摩卡來了。他見四周都沒熟人，放心大膽地挨著海莉坐下。

海莉沒有理會。

你怎麼看起來不高興？誰欺負你了嗎？

沒有人敢欺負我，除了你。

我怎麼欺負你了？

不要以為你裝作若無其事，就真的什麼也沒有發生。

歐文想說什麼，但又止住了。

那你快把摩卡喝了，冰融了就不好喝了。

海莉看著歐文從容離開的背影，忽然覺得內心的火被加了一把油。火光之下，那背影變得扭曲，充滿挑釁。

準備走去停車場，離開遊艇會的時候，艾麗斯再次經過花園酒吧，眼前的場地回歸空蕩。她側臉看海，灰暗雲朵翻滾，褶皺，好像天衣起了毛邊。要下雨了吧。艾麗斯想。她內心感到一種莫名的焦慮。她再回頭，眼神落在了紅帳篷上。

於是她轉身，打斷了唐納德前往停車場的腳步，走向海莉。

你現在還有事要做嗎？艾麗斯低頭詢問。

什麼？海莉還沒有回過神。她正在為歐文那副不誠懇道歉就想蒙混過關的樣子感到被侮辱。

你現在還有其他工作要做嗎？

沒有。下午三點後才有。

那要不要跟我一起去接 Sasa？看你坐在這裏也很無聊。

好呀。海莉說，她愉悅的語氣令自己都感到懷疑，但她已經站了起來，一副隨時可以出發的樣子。

Sasa 現在在哪裏？

酒店。艾麗斯說。瑪麗亞也在酒店，她補充，並對唐納德伸手，他從斜挎包裏翻出鑰匙遞過去。

停車場滿了。那是一台看上去像老爺車的黑色賓士，被兩輛 SUV 夾住。海莉看著艾麗斯率先進入司機位，臉上有一種她從未見過的冷靜。

等她把車開出來，我們再坐進去。唐納德說。他那種始終如一的笑眯眯讓海莉有一種懷疑。

我要跟這對古怪夫妻去酒店嗎？海莉忐忑。她想起獨自在家的媽媽。要不要提前告訴媽媽？但是媽媽肯定會擔心。她又想起歐文。一種幻想進入她的腦海。他急匆匆從餐廳人群裏抽離出來，跑到帳篷那邊，卻不見海莉。你跑哪裏去了？他給她發信息，而她故意不回覆。這樣的畫面令海莉心裏有一種快意。

你是大賽的義工嗎？ 唐納德問海莉。他們坐在車的後排，並列的大腿之間隔著一個骨頭形狀的寵物玩具。

不是，我是遊艇會市場部的員工。

哦，大學畢業後的第一份工作？

沒有啦，海莉笑，為她自己看起來如此年輕而竊喜，我之前在廣告公司做了好幾年，是那種國際化的 4A 廣告公司，但是太忙，就轉到這裏，它離我家近。

我知道，我之前有些客戶就是那種公司。

你是做什麼行業？

企業保險顧問。

原來如此。

不過已經退休了。

那可以享福了。

偶爾跟她一起去參加一些俱樂部的活動，唐納德指了指司機位上的艾麗斯。

你也退休了嗎？海莉問艾麗斯。但艾麗斯沒有回答，她不苟言笑開車的樣子，讓海莉想起《陌路狂花》裏的女主角，有點固執，又有點頹喪。

她早就不工作啦，唐納德替艾麗斯回答。

那也很好。海莉說。她逐漸在腦海裏構建出這對中年夫妻的生活。在帶有小陽台的公寓裏醒來。餐桌上擺放著菲傭端來的三明治和奶茶。兩隻狗狗跳到大腿上撒嬌。客廳裏也許播放著財經新聞。股市信息彷彿背景音樂一般穿插在閒談碎語裏。去品酒會，還是去打高爾夫球？他們或許會就此開啟一段討論。空氣裏有一種冬天被棉被緊緊裹住的安全感。她渴望這樣長久的陪伴，哪怕是貌合神離的。她曾經羨慕父母擁有那樣默契而自成一體的小宇宙。那些填滿牆壁與地板之間空洞的絮語，呼吸，笑，如今全部不見了。夜晚回到家，只能聽到媽媽反覆穿梭在客廳與臥室間的腳步，在沙發上獨自打盹的呼嚕，手機播放的「心靈雞湯」。

很快就下車了，酒店大堂裏沒什麼人，充斥著一片香檳色的光，還有一股茉莉花的清香。艾麗斯在前面帶路，唐納德和海莉走在後面。走廊安寧而悠長。艾麗斯用房卡打開了門。房間不大，一開門就看到一張大床，背靠著落地窗，窗外是小陽台，有小鞦韆，餐桌椅，面對著一片草坪。房間裏的空洞令海莉感到不妥——狗狗和菲傭去了哪裏？

快進來吧，艾麗斯說。她率先坐到大床邊緣，甩掉波鞋，赤著腳。

瑪利亞跑哪去了？ 唐納德問。他在門邊換上拖鞋，進入浴室洗手。

她剛剛給我發信息，說她已經把狗狗們帶回家了。

海莉依然站在門邊，沒有踏進去。一些奇怪的想法令她害怕。她想起看過的美劇，有一對變態夫妻，表面上和藹可親，為小鎮上的陌生人熱情指路，實際上會把那些年輕的遊客引到自家地下室，對其實施虐待，以此促進夫妻間的激情。

快進來呀。艾麗斯繼續招呼，她凸出的齙牙，努力揚起的眉毛，令海莉感到一種無法拒絕的真誠。她想，應該也不會出什麼事吧，畢竟他們的孩子還在遊艇會裏比賽呢，不是嗎？於是，她進了屋子，身後的房門關上了。

艾麗斯不確定自己為什麼要把這個剛剛認識沒多久的女孩叫到房間裏。她感到自己想要說話，想要說很多很多的話。只有她與丈夫共處的時候，她覺得有什麼壓住自己的舌頭。但有外人的時候，那種束縛反而被解開。她說話的時候盯著地毯，彷彿這樣就不會被打斷。她從自己年輕時最輝煌的工作開始說起，公關，市場營銷，會員管理，那些一個月可以賺到九萬的歲月，那些把同事客戶搶到自己團隊裏的戰爭，那些琢磨要穿什麼晚禮服而不輸給其他女人的年會。她說這些的時候便可以短暫忘記自己所處的空間，忘記丈夫背對自己獨自站在房間角落刷手機的身影，忘記兒子在海上漂浮宛如落葉般的未知……

我可能不能停留太久，海莉打斷艾麗斯，等一下我的男朋友也許會找我。她不確定自己為什麼會在這個時刻把歐文拿出來做擋箭牌，但他似乎是她唯一可以想到的緊急聯繫人。

哦，艾麗斯說。她逐漸回過神來，看著眼前這個並不熟悉的年輕女孩。

你男朋友也在遊艇會工作嗎？

是的，他在餐廳做經理。

哦，我好像去過一次你們餐廳，但只是去拿水，然後有一個男人走過來，他問我要不要加冰。看氣質像是餐廳經理，很高大，很溫柔，不確定是不是就是你的男朋友。

這話你昨天跟我說過，也許是我男朋友吧，他對客人是很溫柔。

那你現在要回去嗎？我倒是可以送你。

啊，不知道會不會不方便？

倒是沒什麼。

艾麗斯說這話的時候，看了看唐納德的背影，他好像鴕鳥一樣，將自己完全埋在了手機螢幕裏。

那我先出去一下了。她繼續對唐納德說。

去吧，唐納德批准了，依然是那副永不會被激怒般的笑容。

車子在向著遊艇會的方向馳騁。海莉算了算時間，她已經偷偷溜出來快一個小時了。她以為手機會有歐文的留言，但其實沒有。她看著車窗外面，那些熟悉的樹林，山坡，從高處俯瞰的一大片如積木般的村屋群，她想起第一次坐在歐文的車上。那是去年深秋，香港的空氣裏有一種淡薄的寒冷。

她在車上宛如被雨水淋濕的幼鳥，蜷縮著，有氣無力。就在一個小時前，她收到家裏的通知，爸爸的病情惡化了。

不要想太多，你很快就會見到爸爸，現在想什麼都是無用的，歐文在安慰她。他駕車技術嫻熟，飛速而平穩地盤山而下。

海莉沒有說話，她那時與他並不熟，只覺得這是一個時常與她偶遇，並會事後發信息來問候幾句的熱心男同事。

我奶奶之前也得了重病，是我照顧的，那時候我每個週末都會去醫院陪她，儘管如此，我每天都記掛她，擔心她出事，可很多時候，這些事情都不是我們能左右的，人的命運都是一早就寫好的，我們做後人的，盡心盡力就好了，歐文對她說。

車子在這個時候停滯了。高峰期的紅燈，漫長。她看向他，第一次那樣認真凝望他的側臉，眼角的魚尾紋，嘴下的鬍子茬，硬朗的下巴線條，她忽然感覺他很有力，可以將她從深陷的流沙裏打撈出來。

你的男朋友是你的結婚對象嗎？ 艾麗斯忽然問，將海莉從回憶裏扯回來。

還不確定，海莉說。

如果談戀愛就無所謂，但找老公要找對自己嚴格，但對你寬容的。艾麗斯說。

你老公應該脾氣很好吧？海莉問。

他對什麼人都很嚴格，對我就更嚴格，我的手機，電腦，他要檢查，裏面每一個工作信息，他都要過問。他時常批評我，說，你這個寫得不對，你那個格式有問題。起初我覺得這是好事，他在教我知識，我也的確因為認識了他而進步了許多，於是我崇拜他，覺得他說什麼都有道理。但現在我很煩他。也許因為我發現，他對傑克布也是這樣。他對我這樣就算了，但對我兒子不可以這樣。艾麗斯說。

海莉看著後視鏡裏艾麗斯的眼角，察覺到對方想要傾訴愛情的焦慮，她忽然在這個時刻與這個陌生的中年女人有一絲連接感。但她不確定該說什麼。

艾麗斯見海莉不說話，便自顧自補充：所以我們現在關係不太好了。每當他要教訓傑克布，我就會跟傑克布聯手還擊。我們說，哎呀，這些小事，你幹嘛那麼認真？故意做出一副無所謂的樣子。他就會因此生氣，覺得我們無視他的意見。我發現，男人無法接受自己的意見被無視。這麼多年，我終於找到了他的軟肋。

海莉仍然沒有搭腔。一陣沉默後，艾麗斯感到被小蟲子咬噬般的痛癢難耐，於是她轉移話題：

你們餐廳是不是只對會員開放呢？

是的。怎麼，你想進去吃嗎？

不了，我只是很好奇。

沒關係，如果你想進去吃，我問一下我男朋友，他可以說了算的。

真的嗎？那會不會很麻煩你？

沒事的，餐廳經理是我男朋友。

海莉不確定自己為什麼要在這個時候給歐文添麻煩。也許因為她遲遲沒有收到歐文的問候信息，又或者她還在為前一晚的爭吵感到煩悶。她不確定自己是因為什麼與他起了爭執，他揮起拳頭，朝著電線杆狠狠捶了過去，然後她才閉上了嘴，眼中的尖沙咀海濱長廊，人影，船影，大廈燈光，像是潮濕的色彩，渲染在小雨的夜裏。她不確定眼前這個男人是如何一步步變得面目猙獰。彷彿記憶中，他還在凌晨兩點的夜晚，與她行走在寧靜淒涼的街頭，尋找一個尚未打烊的夜宵店，為爸爸帶一碗乾炒牛河。他們回到鬧哄哄的急診大廳，穿梭在摺疊床與輪椅之間，經過一間間發出蒼老、病痛氣息的房間。最終他們一起去了太平間，她看著爸爸宛如帶著一抹微笑安眠的臉，感到自己的胃要隨著用力的哭泣而被嘔出來。她不斷地向下沉，是他在身後將她一次次抱起來。就是這樣一個男人，他見證了她最脆弱醜陋的時刻，似乎就擁有了踩踏她的特權，不久，他果真對她實施一種若即若離的暴力。

下車了，艾麗斯有點猶豫。她不確定自己為什麼會帶著這個不認識的女孩回到這裏。可能她只是想找人說話。又或者想要用這種方式引起丈夫的注意。她想證明，自己仍然保持著年輕時與任何人都可以社交的魅力。

我先給我男朋友打個電話。海莉說。然而歐文沒有接。

你在這裏等一下，我直接去餐廳找他。海莉心裏的火影搖曳起來。

是不是不方便？不然就算了吧，沒事的，艾麗斯說。

不，你就在這裏等我。海莉說。她向著餐廳的方向疾步走去。

人聲如蚊群從餐廳走廊裏飛湧出來。「水手日自助餐」的廣告牌子掛在天花板。穿梭在一桌桌的食客之間，海莉不理會那些與她打招呼的服務員，直直朝著吧台走過去。那個穿著淺藍色襯衫，繁忙操作飲品調配的身影，令她覺得冷靜而遙遠，彷彿他們情感的羈絆並未給他的工作帶去一點點影響。而她腦海裏卻不斷放映著他憤怒的手指，張狂的牙齒。她不服氣。於是她走過去，雙手擺在吧台上。

為什麼不接電話，她問他。

他似乎根本沒看到她，側身對著她，一手將糖漿溶入凍檸茶，另一手攪拌奶茶。

有個朋友，她的孩子在參加比賽，現在她想進來吃飯，可以嗎？海莉提高音量。

不可以。歐文直接拒絕。他甚至沒看海莉一眼，走向吧台左邊，拿起對講機，向手下吩咐幾句，又蹲下從櫃子裏取出啤酒杯。

海莉看著他，那樣機械的神情，與他早晨的殷勤判若兩人。她感到前晚受到的屈辱，在此刻又被添了新傷。他也許毫不愧疚，甚至根本就沒在意過對我的打擊，海莉這樣想。

為什麼？她問。

不可以就是不可以啊，你朋友又不是會員，這裏是會員餐廳。

我問的是，為什麼你變成這樣？

什麼變成這樣？

你以前不是這樣的，以前我說東，你不敢往西，為什麼你現在對我這樣。

嘖，歐文將酒杯往吧台上一頓，你怎麼沒完沒了？沒看到我在忙嗎？

海莉感到被背叛，一種全身向後仰，但身後承諾要接住她的人臨時縮手的背叛。她想起他在她面前揮舞的拳頭，而她抓住他的衣袖，被他一把甩開，她在人來人往中踉蹌，啼哭。她忘記了她在說什麼，甚至忘記為了什麼而爭吵，也許是她想要他帶她去散心——我需要你給我一點快樂，我才能把快樂帶給我媽媽，不然我和她兩個人，將會在失去至親的痛苦中無限下沉——夠了！他吼道，你知道你整天這樣，真的很煩嗎？我難道沒有自己的生活嗎？每天都要為你的情緒負責？ 死的是你爸，又不是我爸！ 一剎那，她感到自己的傷口在被無限蹂躪，踐踏，而她不確定欺負自己的，到底是眼前這個口口聲聲說愛自己的男人，還是生活本身。她感到一股力量讓她的手失去控制。她看到它抓起了吧台上的一疊盤子，朝著眼前那個忙碌的背影，精準而用力地砸了過去。

（發表於《芳草》2024 年第 5 期）